Ellas entre las estrellas

González, María Cristina (1971)
Ellas entre las estrellas [paperback]

1a ed. – New York: Five Points Publishing, 2025: 112 p.: 8 x 5 inches.

ISBN: 979-8-9991142-3-5

Ellas entre las estrellas

250 East 34th Street, New York, NY 10016
USA

Diseño de portada: Camila Jara
Editor: Esteban Escalona

Créditos de contratapa:
Rita Wirkala, PhD., es escritora y autora de los libros *Cuentos para El Soñador* y *El encuentro*, entre otras obras.
Alexandra Castrillón Gómez es escritora galardonada con el premio Isabel Allende de ILBA en 2021 y 2022 por sus novelas *Detrás de mi nombre* y *Me muero por vivir*.

Primera edición: enero de 2026.

Ellas entre las estrellas

María Cristina González

FIVE
POINTS

DEAD RABBITS
colección de narrativa

A mami, Irenita y Christine,
quienes me han enseñado a
ser valiente y buscar las estrellas

A Armando,
gracias por compartir
tu amor conmigo en esta
aventura de la vida

A papi, Juanchito, Armandito y David,
mi fuerza y motor

Ha caído la noche, el mundo se fue a dormir,
las calles sueñan en silencio.
El viento silba tu nombre al pasar,
antes de irse a descansar.
Te has quedado dormida, casi sin querer,
con una palabra en tus labios.
Y yo daría todo lo que tengo
por conocer todos tus sueños.

—*Cómplices, «Cuando duermes»*

Tabla de contenidos

Cambio de rumbo

En el cuarto de la joven Mansi, los rayos del sol se filtraban esa tarde con el brío de un animal salvaje. Ella, ajena al astro, tenía sus ojos atentos a la página web de la nueva escuela a la que su madre la había cambiado para empezar décimo grado. Unas imágenes mostraban a chicas arrodilladas con velas en las manos. En otras, crucifijos adornaban los salones del colegio. Por todas partes había fotos de chicas y esto era lo peor de lo peor: Su madre la había registrado en una escuela f-e-m-e-n-i-n-a. Sí. Solo chicas, disfrazadas en uniforme de «niñas buenas». Se imaginaba en la parada del bus y a sus excompañeros destornillados de la risa al verla con tal vestimenta.

—¡Urg! No. ¡Nunca perdonaría a su madre!

¿Qué le había hecho dar ese giro tan grande? Tal vez las bajas calificaciones o una que otra mentirita de su hija. ¿Qué tipo de mentiritas? Cosas simples, como no irse a casa de Manroop y, en vez, irse con

Lorenzo, o que un par de veces se hubiera escapado de casa a relajarse con sus amigos en noches de luna.

En la cocina, la madre de Mansi trataba de hacerse la fuerte, aunque sabía que su hija la detestaría y habría guerra. Había titubeado por meses en tomar la decisión de matricularla en otro colegio, mas, después de que los profesores la llamaran a darle quejas, de la rectora informarle acerca de las escapadas de su hija y de encontrarle sendas cajas de botellas de coñac en el closet, no lo dudó más. Una amiga le recomendó que la enviara al Liceo Femenino, un colegio de monjas en Hicksville.

Mansi recibió el golpe dos días antes de que comenzara el año escolar, cuando quiso entrar al portal estudiantil y el mensaje "código inválido" apareció múltiples veces.

—¡Maaa! —gritó ella desde su cuarto—. ¡No puedo entrar al portal! Llama al cole.

Mamá, incapaz de ocultar su decisión, subió con cautela al cuarto de su hija, se secó las manos en el delantal, vio a Mansi frente al computador, anotando una clave. Con el rostro rígido le anunció:

—Mansi, es que… tengo que decirte algo. Es que…Te cambié de escuela. Vas a ir al Liceo Femenino.

—No hagas bromas. Llama. Mi horario. Necesito tener el horario.

—No es broma.

—¿Me cambiaste de colegio? ¿Y por qué harías eso si no tenemos dinero?

La madre se mantuvo al lado de la puerta y, después de su silencio, Mansi volteó los ojos y vio sus labios apretados, las curvaturas recias, como si asomaran a un precipicio.

—Mamá. ¿Qué dices? ¿Sin mi permiso?

—Eres mi hija. No necesito permisos de nadie.

—No me puedes cambiar.

—Claro que puedo.

—Pues no voy a ir.

—No empieces.

—No me puedes obligar. Esto va en contra de mis derechos.

—Es por tu bien. Vas a conocer a chicas muy inteligentes.

—A mí qué me importa. No me puedes hacer esto. Eres una mala madre.

—¡Mansi!

—Te digo que no voy a ir. Esta vez sí voy a llamar a la policía.

—Llámala; me van a dar la razón.

—Te van a arrestar. Vas a envejecer en la cárcel.

—¡Cállate, irrespetuosa! Ni una palabra más. Aquí se siguen mis reglas y se acabó.

—No voy a ir y punto. Vete de mi cuarto.

Mansi se levantó del asiento como pantera y tomó la chapa para cerrar la puerta.

—Mansi —gritó la madre para que ella la entendiera— es por tu bien.

—Sal, mamá—. No me hables. Estás arruinando mi vida.

La madre salió agitada. Escuchó el tronar de la puerta que se cerraba tras de sí.

Mansi oyó las pisadas en las escaleras con fuerza y el chillido de las ollas agitadas con enojo. ¿Cómo era posible que esto pasara? Caminó de un lado a otro, sin saber qué hacer. Se echó en el piso, miró al techo, su cabeza mareada de imaginarse en una escuela extraña, sin sus amigos.

Así no fuera la mejor estudiante, sabía que se iba a graduar con Lorenzo, Claudia, Sabitah, sus panas de toda la vida. Les envió mensajes y todos estuvieron de acuerdo en que su madre deliraba o la estaba castigando sin razón. Se juraron su amistad, la consolaron cuando ella lloró por lo injusto de toda la situación y la acompañaron hasta que el sueño pudo más que todos.

Cuando la joven despertó, se le ocurrió la idea de llamar a su padre. Él tenía otro hogar y, aunque pagaba su manutención, cada vez sus encuentros eran más distantes. Su situación, no obstante, demandaba medidas drásticas así que lo llamó una, dos, diez veces hasta que por fin escuchó su voz.

—¿Baba? Soy Mansi. ¿Cómo estás, pa? —habló con un tono urgente.

—Mansi, mi princesa… eh, me alegra escucharte.

—Baba, como tú no me llamas… ¿por qué no me has vuelto a ver?

—Ah princesa…muy ocupado. Pero siempre te pienso.

—No se vale. Yo quiero verte, y además están pasando cosas de que las tienes que enterarte.

—¿Qué pasa? No será nada grave.

—Sí baba. Sí son graves. Es mumma.

—¿Está enferma?

—No. Mejor que todos. Mummy me odia.

—¿Cómo que te odia?

—No me quiere. Me va a cambiar de escuela. Ayer me lo dijo. A una escuela privada con tontas.

—¿Qué quieres decir?

—De tontas, pa, me matriculó en el Liceo Femenino.

—No creo que sea tan malo. Pensé que era otra cosa.

—Es lo peor que me puede pasar. No conozco a nadie y tú sabes que solo hablan de ese tal Jesús, o algo así. No puedo ir allá.

—Puedes aprender. Habrá otras niñas como tú.

—No quiero. No voy a tener amigas, me van a mirar rara por ser hindú. Esas niñas son chismosas, odiosas, engreídas. Quiero quedarme en mi escuela.

—Mansi, si mummy lo ha querido, yo no puedo convencerla. Seguro lo hace por tu bien.

—No puede ser por mí. Es porque ella no me entiende.

—Amor, no puedo decirle nada. Sabes cómo es tu mamá.

—Pero me puedes llevar contigo. Eres mi baba.

—Te traería, princesa, pero no es tan fácil.

—Pa, solo unas semanas mientras mummy cambia de idea. Yo me voy a portar muy bien contigo.

—Princesa, es complicado.

—Yo nunca te pido nada. Por favor, por esta vez. No me dejes sola ahora que te necesito.

Después de un momento de espera, el padre con tono resignado contestó:

—Está bien. Arregla tus cosas. Paso por ti en la tarde.

Mansi gritó de alegría y alistó su mochila con unas mudas de ropa, su computador, las fotos de sus amigos que adornaban las paredes y el afiche de quien más sino de Caleb Kalib. Al esculcar el closet vio la caja vacía de coñacs que hace poco Lorenzo le había dado. «Tanto tomamos», pensó, pero no le pareció que hubieran sido tantas botellas. Igual tenía otras ideas en mente. Después se encargaría de botar eso.

Me voy con papá hoy —texteó a sus amigos—. Me va a recoger.

Sus amigos estuvieron contentos por ella. Mansi cerró su cuarto, bajó las escaleras con paso firme, de forma que llamó la atención a su madre que cocinaba unas samosas.

—Me voy con baba—, afirmó con los ojos serios, mirada dura y sin muestra de miedo.

—Ah, ¿sí? Pues si eso es lo que quieres, bien puedes irte—. Y la vio pasar por el pasillo, ponerse sus crocs, salir con su mochila, tirar la puerta y sentarse en el descanso de la escalera. Allí la joven pasó en su celular, habló con sus amigos, escuchó música, aprovechó para darle *like* a los memes que hace rato quería mirar. Y pasaron las horas. Al frente, los vecinos hacían la última barbacoa para despedir el verano y ella sintió hambre y frío. Llamó a su padre una y otra vez, vislumbró cientos de autos pasar por su casa y se levantó miles más para ver si venía.

Su madre la miró a través de las cortinas y la contempló en el mismo lugar. Vio a su hija con la mirada desilusionada, su exesposo, así quisiera recoger a su hija y llevarla, no era hombre de palabra. Varias veces la madre la llamó, le dijo que se entrara, que esperara en casa, que los vecinos se preguntarían que hacía allí. Mansi no escuchó hasta bien entrada la noche, cuando se dio cuenta de que en verdad su padre no cumpliría la promesa.

Cuando abrió la puerta y entró, miró a su madre con los ojos heridos. Ella le dijo:

—Ven. Tómate un té caliente con samosas.

La joven permaneció parada, descargó sus cosas y recibió el té de mala gana. Su madre quiso hacerle una caricia en el pelo. Mansi la rechazó.

—Ustedes me odian —dijo—. Son los peores padres del mundo. Mi papá no me quiere y tú menos.

—¡Claro que te quiero! —protestó la madre con angustia en sus ojos negros.

—Si me quisieras me dejarías en el mismo colegio con mis amigos.

—Mansi, es solo un cambio de colegio. Si tus amigos son verdaderos, van a estar contigo donde sea. Vas a ver cómo expandes tu mundo…

—¿Y eso a mí qué? Me odias, mamá. —La chica entonces dejó el té y las samosas a medio comer y corrió por las escaleras hasta llegar a su cuarto donde se encerró y lloró por lo injusto de la vida.

Cuando se calmó un poco texteó a sus amigos, les pidió si podía quedarse con ellos, por lo menos mientras su madre cambiaba esa idea absurda.

—*Bro*, — le dijo su amigo Lorenzo —no creo que pueda.

—*Jo, sister*, —le dijo Claudia—. Te diría que sí, pero sabes lo mal que estamos. Llama a Sabitah. Seguro que te recibe.

—No, mi amiga. Te quiero mucho, pero mi casa es de locos. Si vieras todas las peleas, querrías salir corriendo de aquí.

—Difícil, perdona.

¿Esa noche? Imposible dormir, comer, respirar, ser. Preguntó a IA cómo convencer a una madre hindú para cambiar de idea. Ningún consejo aplicó. Un plan no llegó. La ventana le coqueteó para que se liberara. Solo un problema, ¿ir a dónde? A su closet, y comprobar que ni una pinche botella había para consolarla.

¿Esa mañana? Los gritos de mamá para que Mansi se levantara y ella con la boca y los ojos torcidos, mal genio de parte y parte. Una energía de la que cualquier visitante quedaría electrocutado.

¿Esa semana? Imposible no culpar a su madre: «Mummy me ha debido avisar que me iba a cambiar. Me arrancó de mis amigos y me lanzó a este antro. Estas niñas son unas gritonas, me caen gordas, no encajo aquí. No sé cómo pueden vivir, son un rebaño de ovejas. Esto me vale. Daría lo que fuera para volver con mis amigos. En estos momentos Lorenzo, Claudia, Sabitah y yo estaríamos en la cafetería. Claudia atragantándose sus salchichas,

Lorenzo, cerebro de las escapadas y Sabitah alerta a los nuevos amores y peleas.»

En esos momentos Mansi quería refugiarse en su celular. Pero, claro, en esa prisión no teléfonos, no sombreros, no chicles, no aretes en la nariz. No. No. No. Y su cabeza volaba a su antigua escuela, en los pasillos del Washington School. A las 3:15 pm, ya con el derecho restaurado de mirar su teléfono, revisaba los mensajes. Las gemelas Rachel y Ronda eran las que más le decían que la extrañaban, que décimo grado era un aburrimiento sin ella. Después Sabitah le contaba de los otros amigos. Siempre quería ver si Josh la había mencionado en alguno de sus posts… Nada, ni su sombra. Todo lo demás eran *selfis* de la vida del colegio, un vapeo, videos, una cerveza ocasional y el notar que la escuela Washington School en Woodside vivía como si sus pasillos nunca hubieran sentido los tenis de Mansi caminar por ahí.

Tres semanas habían pasado de forma incolora, pero para su sorpresa ya iba a empezar otro mes y había ampliado sus conversaciones en clase de francés con cuatro «conocidas», con las que ahora almorzaba. Su coraza, eso sí, la llevaba bien puesta y no pensaba desinstalarla, menos ahora que el martes iba a escaparse para irse con sus amigos a andar por ahí. ¡Yupi!

Era fácil escaparse de su antiguo colegio, pero de este, donde una vez que sonaba la campana del comienzo de clase solo los tacones de la directora hacían eco, iba a ser difícil. No obstante, el martes otoñal y la hora para escaparse aterrizó. Eran las 10:00 am, clase de educación física. Le dijo a la profe que no se sentía bien y que iba a ir a la enfermería (eso ya lo había tratado en su otro colegio y no era cuestión de pensarlo mucho).

El plan salió tal como lo había pensado. La profe le escribió la nota de permiso, Mansi se fue hacia la enfermería y, en vez de tomar a la derecha, salió por la puerta verde, la de la cámara dañada. Igual, las rodillas le temblaban, el calor se le subía e imaginó que alguien la tomaba de su blazer y la alzaba cual trapo. ¿Y si sus amigos no cumplían el plan? Sin embargo, al doblar en Hempster Avenue, ahí los vio en el Jeep de Lorenzo, él siempre afanado, Sabitah y Claudia llamándola. ¡Qué emoción verlos!

Sus piernas volaron hasta que los alcanzó para abrazarlos como siempre. Ella se cambió en el carro a su ropa normal y a andar en el Jeep. Lorenzo, Claudia, Sabitah y ella, el grupo perfecto. Lorenzo, puso las canciones de Caleb Kalib, como en los tiempos pasados, y cantaron sin parar. Los cuatro gritaban sus canciones: «*You want to get that lana in the times of pollyanna, don't let your foes defeat you wi' da' pros…*» Tanta era la algarabía que la gente paraba a verlos y movía su cabeza en desaprobación. Mansi se sentía feliz de la libertad, el viento en su rostro y sus amigos. Sin embargo, mariposas negras jugaban en su estómago, algo en su propia risa la alertó, y fue ver la imagen del rostro de su madre la que apagó su recobrada alegría. Un instante después se dijo: «Solo esta vez. Tengo derecho a divertirme y una escapadita no es tan grave. Además, mummy se lo buscó por quitarme a mis amigos.»

Entre canto y risa Lorenzo preguntó a Mansi:

—Pasa el coñac.

—¿Qué?

—El coñac que llevé a tu casa.

Mansi recordó la caja vacía y le contestó:

—No, ese ya nos lo tomamos. No había nada en la caja.

—¡Qué pinche! Si lo dejé para que me lo guardaras.

—Después te lo doy.

—No pasa nada —dijeron Claudia y Sabitah—. Vamos a comer pizza. Tenemos hambre. Otro día tomamos, no es nada, Lorenzo.

—Me costó mucho trabajo sacárselo a papá para que ahora me salgas con que no lo trajiste —dijo con brusquedad.

—Te digo que no hay. Nos lo acabamos antes —explicó Mansi

—Es un coñac caro. Solo faltaba que mis amigas fueran ladronas.

—No vamos a pelear por eso —intervino Claudia—. Comamos algo y después a nuestro monte y vapeamos un rato. Todo *chill*.

—No se puede confiar en Mansi —replicó Lorenzo— dando un golpe al timón y acelerando con tanta rapidez que empujó a las chicas con violencia hacia atrás y ellas gritaron con rabia.

—¡Ahhh!, idiota —gritó Mansi—, no he robado nada y no es para tanto. ¡Para el carro! ¡Nos vas a estrellar!

—Nos vas a estrellar, nos vas a estrellar, —imitó Lorenzo a Mansi y comenzó a refunfuñar. —Desde que te fuiste a ese colegio de niñas consentidas, perdiste la chispa, eres una falsa.

—¿De qué hablas? Para y déjame aquí.

—No puedes irte y dejarnos —gritó Sabitah—. Nos arriesgamos para recogerte, así que te quedas con nosotros.

—Tanto ruido por un coñac. Tranquilos. —dijo Claudia—. Calmémonos y al monte, panas.

—No solo es eso. A Mansi no le importa nuestro esfuerzo, o es que ya te crees mejor.

—Me quiero bajar —gritó Mansi. Me voy a tirar del carro si no paras de una vez.

—Para Lorenzo —grito Sabitah—, si se quiere ir, que se vaya.

—No seas así, Sabitah —dijo Claudia. —Vamos, calma. No es tan grave.

De repente, las llantas del Jeep chillaron y Lorenzo frenó sin aviso. —Bájate! No nos llames nunca más—. Mansi iba a bajarse cuando Claudia gritó:

—No pares Lorenzo. Viene la policía. Rápido.

Mansi, Sabitah y Claudia alzaron los brazos en angustia, le pegaron a Lorenzo en la espalda para que manejara rápido. Lorenzo quiso arrancar, pero era tarde.

El aullido de la sirena los inundó por los costados.

—¡Loca! Por tu culpa —vociferó Sabitah.

—¿Mi culpa? Yo no los obligué—. Y mientras ellas discutían, Lorenzo las hizo callar y se tragó la muerte cuando vio al policía que le ordenó bajar la ventana del conductor.

—¿Qué tenemos aquí? —Preguntó el oficial con una sonrisa burlona y voz de *prima donna*—. ¿Manejabas a cincuenta millas en una zona de treinta?

—No, oficial. Pensé que iba a 30.

—¿Quiénes son ellas? —pregunto mientras escudriñaba cada rincón del Jeep con olfato de tigre.

—Mis amigas.

—Tu licencia.

—Ah, no tenemos, capitán. Solo somos estudiantes que salimos a desayunar. Teníamos hambre y la comida de la escuela es tan horrible, ¿cierto, chicas? —y volteó a mirar a las chicas, quienes con calma que no sentían asintieron al tiempo.

—Denme su carné estudiantil, —demandó el policía, ya desprovisto de gracia.

—No oficial. Lo dejamos en la escuela. Ya le dijimos que salimos solo a comer.

Sabitah buscó rápido en su mochila y le entregó el carné, al igual que las otras dos chicas.

—Rumfliodjeks —rumió el policía en su micrófono.

Las chicas se miraron y Lorenzo bajó la cabeza.

—¿Estaban tomando?

—¡Oficial! —Exclamó Sabitah—. ¡Claro que no!

—No estamos en edad aun, aprobó Claudia.

Mansi puso sus ojos en Lorenzo. Lorenzo respiró aliviado.

—Sal del auto, —dijo el oficial al Lorenzo.

—Oficial, no hemos hecho nada malo.

—¿Saben que pueden ir a la cárcel por cortar escuela?

—¿Qué? Dijo Sabitah con sus ojos de par en par—. Papá me va a matar.

Lorenzo iba a protestar cuando vio que el policía dirigía la mano a su Taser. Así que se bajó del carro y dijo: —Tengo derecho a una llamada.

—Tienes derecho a permanecer en silencio. Al momento otra patrulla llegó. Mientras el oficial hacía el examen de licor a Lorenzo, las chicas permanecieron mudas, aliviadas de que Mansi no hubiera llevado el famoso coñac.

—¿Nombres? —interrogó el oficial de la otra patrulla, un hombre de rostro redondo como una papa regordeta.

—Mansi Sharma —dijo ella, en un susurro, al tiempo que miró a sus amigas.

—¿Sabe que su madre casi sufre un ataque al corazón? Pensó que la habían secuestrado o hecho algo terrible.

—¿Mamá? ¿Cómo sabe ella?

—Y Claudia y Sabitah… ¿Saben que sus padres también están muy preocupados por ustedes?

Ellas iban a contestar, pero su mirada las detuvo, y bajaron la vista. El piso era gris, monótono, con innumerables quiebres que, unidos con los otros, formaban un camino irregular.

Ya en el precinto 8, ese final de septiembre, cada chico salió de ahí bajo el ala regañona y castigadora de sus respectivos progenitores. Mansi hizo una señal de despedida con la cabeza a Claudia, Lorenzo y Sabitah, a la que solo Claudia respondió.

De vuelta en casa, los rayos del sol inundaban su cuarto y entraban en el closet donde iluminaron el borde de la caja de coñac. Ella la esquivó por largo tiempo. No obstante, no había de otra: debía sacarla de ahí. Con la caja en sus manos, revivió lo contenta que había pasado en las parrandas con sus amigos. Después la miró por dentro: vacía. Suspiró. Al parecer, debía desocupar su vida de los antiguos amigos del colegio y dejar que fueran parte de sus recuerdos. Se iba a sentir sola, y, no obstante, los rayos de luz le dieron la ilusión de llenarse de mejores momentos, ahora que tenía ante sí un nuevo rumbo para empezar.

Máscaras y verdades

En uno de esos conjuros de la naturaleza, el verano se derrite en otoño, los días se acortan, las noches cubren las tardes y en la oscuridad llega el éxtasis de la fiesta de *Halloween*. Por esos días brotan las fiestas de disfraces y los niños salen a pedir dulces para terminar con calabazas rellenas de chocolates, que luego las mamás esconderán con gran destreza.

El deslumbre de esta fecha alcanza a la mayoría, aunque, por primera vez, a la joven Luciana La Rosa no le importa demasiado. Tiene tanto en la cabeza. Abre su aplicación de Notas y revisa:

•• Exámenes de Admisión para la U y diferencias.
•• U de mis sueños
•• Pagos U (explicarle que ya no aceptan bitcoin)
•• ¿Profes cartas de recomendación? - ¿Ms. Rottenmeier, Mr. Lobos? ¿Gómez?

•• Horas de voluntariado para el cole- ¿Lugares? Club de las galletas doradas - Refugio Estrella del Norte? (solo mami conoce esto, jaja,juju)

•• Mejorar en *lacrosse* (¿¿posible beca??)

•• Mantener un 93 o más en honores

•• Perder menos tiempo en las redes sociales :(

•• No mirar a Andrés en 3er. período. *cuuuteee*.

•• cita mi consejera

•• Escribir ensayo U

🙈 ¡¡No volverme loca!!

Luciana cierra los ojos por un momento y piensa que es la primera vez que se preocupa tanto. La comprendo. Ahora que es estudiante de 11 grado, sabe que es el año más importante de su vida (o eso ha escuchado, ya que es el curso que las universidades miran para aceptar o rechazar a los postulantes). En 11 grado, pasado y presente se combinan para lanzarla a un futuro prominente... o no.

Para su sorpresa, registrarse a los exámenes de admisión, pedir las cartas de recomendación y encontrar un voluntariado es sencillo. Su madre la convence de que vaya al Hogar Estrella Azul del Norte y complete las horas requeridas. Al principio de su voluntariado no entiende muy bien qué hacer. Trabaja con chicos sin hogar, algo que le es imposible de imaginar. En el refugio se entera de la realidad de muchos niños y jóvenes que son abandonados por diferentes razones por sus padres; entonces, gobierno se encarga de ellos y los envía con familias temporales, hasta que sus padres o familiares pueden cuidarlos, o bien, hasta que una familia los adopte.

Cuanto mayor es el niño, menor la posibilidad de ser adoptado. En todo ese proceso, hay refugios u hogares para que los jóvenes tengan techo, alimento y los directores hacen lo posible para crear lo más cercano a una «familia».

Le gusta jugar con los niños. Sin embargo, lo que menos le gusta es hablar con los chicos de su edad. Algunos son amables, pero otros no le demuestran la menor simpatía. Sus miradas hacia ella son frías y, Luciana siente que la juzgan. Lo comprueba el día en que José Karlos, uno de los muchachos que más tiempo lleva en el refugio y que trabaja la oficina, se lo dice de frente.

Es una tarde opaca. Ella habla con su padre en el celular para que pase a recogerla en unos quince minutos, cuando escucha un «hmm.» Voltea a mirar y ve a José Karlos. Con el rabo del ojo alcanza a ver que le está torciendo los ojos. No es la primera vez que le descubre esa mirada. Cuelga con su padre y, con un tono desprovisto de miel (aunque su madre le ha dicho antes que se cazan más moscas con melado que con sal, o algo por el estilo) Luciana le pregunta:

—¿Qué? ¿Algún problema? ¿Te molesta que use el teléfono?

—No —dice él—, y con la mano hace saltar la grapadora con unos papeles.

—¿Entonces?

—Nada. No te das cuenta de nada.

Se miran como grandes enemigos. Ella le pregunta:

—¿Qué te pasa conmigo?

—Te crees mejor que nosotros. Como tienes a tus padres, eso te hace una diva. ¿Por qué vienes aquí?

Sus palabras la toman desprevenida. Se pone a la defensiva y le dice:

—¡Nunca he pensado eso! Al contrario —prosigue—, admiro mucho a los niños y quiero ayudarlos para que estén bien.

Hace una pausa. Siente el sudor correr por todo su cuerpo, mezclado con el enojo por ser acusada de esa manera.

—Claro. Vienes a «ayudarnos» y a darte un baño de virtud— y José Karlos imita una voz de chica chillona, y sigue: —Hey, mírenme. Soy rica y, sin embargo, vengo a aliviar a estos desafortunados.

—¡No es cierto! —dice ella— Nadie me obliga a venir aquí. Lo hago porque quiero —refuta Luciana con ganas de darle un trompazo.

—Claro que lo es —sigue José Karlos con tranquilidad, pero sin aprecio—. De no ser porque puedes escribir en tu estúpida hoja de vida que «trabajas» aquí, no te dignarías venir. Seguro tu papá te ha lavado el cerebro y te ha dicho que así te dan una beca. ¿Sabes qué? Mejor trabajo harías en casa —concluyó José Karlos con una mirada severa. Sus ojos cafés la examinan, y ella se siente nerviosa.

—Quiero ayudar a los niños —contesta Luciana con la boca torcida, aunque hay algo de cierto en las palabras de José Karlos—. No es mi culpa— continuó— que los niños me quieran a mí y no a ti. Siempre andas con cara de chupacabras.

—¿Ah sí? Y tú tienes cara de cabra loca —y soltó la primera sonrisa que Luciana le había visto—.

Además —continuó ya con tono de regaño—, los niños no te quieren y no te necesitan. Ellos están acostumbrados a que nadie dure mucho tiempo; saben que, tarde o temprano los van a dejar solos.

—No digas eso. Solo porque te pasó a ti, no quiere decir que a todos les va a pasar —le refutó sin pensar en sus palabras.

—Luciana, no sabes nada de mí. ¡Qué infantil eres! —contestó el chico con una mirada grave y calló. Se volteó hacia su escritorio, tomó el celular que sintió la fuerza de sus manos, se levantó y salió hacia el zaguán.

Luciana lo vio irse y pensó: «¡Qué bruto este! No tengo por qué aguantármelo. De razón que en tanto tiempo ninguna familia lo haya adoptado. Con esa actitud, ¿quién lo va a querer?» Lo ve salir, pasar por el corredor con el paso rápido y desaparecer, seguro hacia el segundo piso, donde están las habitaciones de los jóvenes que habitan allí.

Por la mente de Luciana pasan cientos de palabras que debe haberle dicho. Su rabia se suaviza cuando ve a una nena de unos cinco años que la mira desde el pasillo de la oficina. Luciana la saluda y la niña le muestra dos muñecas que lleva en la mano.

—Qué lindas muñecas. ¿Quieres que juguemos? —pregunta Luciana con ánimo.

—Sí— dice la niña.

—¿Cómo te llamas? —dice Luciana, al tiempo que se agacha para quedar al nivel de la niña.

—Karina.

Y la niña hace como que su muñeca baila, mientras la muñeca de Luciana hace unos pasos de ballet, como los que hacía ella cuando su madre la llevaba a clases siendo pequeña.

Más tarde, cuando Luciana ya se está yendo, Karina le dice que vuelva pronto a jugar con ella y, antes de salir, le da un gran abrazo.

—Vas a volver pronto, ¿cierto?

—Claro que sí, el martes vengo por la tarde.

—¿Hoy es martes?

—No, jueves. Yo vengo, en uno, dos, tres, cuatro, cinco, cinco días.

—¿Cinco? —repite Karina, y le muestra su manita extendida como un abanico.

—Sí, cinco —y le da un «chócale» con las manos. Las dos sonríen, y Karina la toma de las manos y salta como una cangurita.

José Karlos, que abre la puerta de su cuarto, ve a Luciana salir al pasillo que lleva al mundo de la gente «normal». Imagina que Luciana va en el auto de su padre y el camino a una cómoda casa, con sillones grandes y acolchonados. Él quiere irse, pero sabe lo que es la calle. Igual, ¿adónde puede ir alguien como él, un ser al que ni su propia madre quiere?

Con toda la carga escolar, exámenes, preparación para las admisiones y los deportes, a Luciana el día le alcanza para respirar, estudiar, pensar en Andrés, comer, dormir, repetir. La siguiente semana no aparece en el refugio. Sí va la próxima. Quiere jugar con Karina, aunque no quiere ver al José Karlos ni en foto.

Lo primero que hace es preguntarle a Shirley, una de las coordinadoras, por su amiguita Karina. Shirley, una mujer rubia, y con ancho vestido de flores le contesta:

—¿Karina? Ya no está aquí. La trabajadora social le consiguió una familia temporal y se fue. Estamos tan contentos por ella.

—¿Cómo? —pregunta Luciana con sobresalto—, pero si hace un par de semanas estaba aquí. Y ¿será que la puedo llamar o hablar con la familia?

—Oh, no, Luciana. Por cuestiones de privacidad, nosotros no podemos dar ningún tipo de información personal, así lo pida el mismísimo Papa.

De repente, escucha una voz a su espalda que, con sarcasmo, le recrimina:

—Te dije que los niños aquí saben que no pueden confiar en nadie. Todos los abandonan. Tú eres el ejemplo perfecto, estupenda Luciana.

Luciana mira. Por supuesto que es el José Karlos. Ella, que no está de humor, le responde:

—¿Tú qué sabes lo que yo tenía que hacer? No pude venir.

—No me digas. La niña privilegiada prometió visitarla y no volvió. Karina estuvo contando los días para verte, y cuando llegó el martes, tuvimos que decirle que era lunes y que vendrías pronto. Tú y la gente como tú solo tienen un pensamiento: «yo primero, yo segundo, yo siempre».

—Ah, ¡No me hables así! Ridículo. Yo no sabía que se la iban a llevar; de lo contrario, hubiera hecho todo por verla.

—Ya lo sabemos, no eres la primera en prometer y no cumplir. Eres una *fake*, igual que los demás.

Shirley, que ha visto el juego de ping-pong, les dice que se tranquilicen, que están en horas de trabajo. José Karlos se aleja: sus ojos murmuran, y los jóvenes que rondan por la oficina miran a Luciana con recelo. Shirley, que trata de permanecer calmada, mira a Luciana y le dice que no haga caso, que José Karlos es un buen chico y que ya se le pasará el enojo.

Luciana no sabe qué hacer y queda parada en la mitad de la oficina. Shirley sale a su rescate y le da un montón de papeles para archivar.

El teléfono suena. Shirley va al cuarto aledaño y lo atiende. Luciana permanece triste de no haber cumplido su promesa. También siente que nadie la comprende, quiere refugiarse en su casa. Como no puede hacerlo, comienza a arreglar los papeles que parecen una enorme tormenta de granizo. Entre estos encuentra unas fotos viejas de una fiesta de Halloween, con unos payasos y los niños del refugio con una gran sonrisa. Los pequeños lucen felices con sus disfraces de piratas, lobos, Bob el Constructor, la Barbie, y hay uno todo flaquito, pero gracioso con el disfraz del Hombre Increíble.

—¡Qué chulos! —se dice—, y las mira un rato. Toma las fotos para preguntarle a Shirley si quiere que las pegue en el boletín, cuando entra José Karlos con enredos de cables de unos cargadores.

—¿Todavía aquí? Pensé que te irías tan pronto supieras que le habías roto el corazón a Karina. ¿Te vas a quedar a hacer estragos? —pregunta al tiempo que desenreda los cargadores.

—Sí— le contesta Luciana tratando de sonar indiferente. —¿Y tú, bro? Parece que no haces nada más que espiarme ¿Por qué vienes cuando estoy aquí? Creo que estás curioso por saber de mí.

—Sí, claro —le dice y tuerce sus grandes ojos. —No tengo nada más que hacer. A propósito, no le digas a tu consejera que dejaste plantada a Karina. Te pueden quitar una beca jugosísima.

Luciana va a lanzarle las fotos a José Karlos en la cabeza, pero Shirley sale del cuartico. Como la ve con las fotos en la mano, quiere mirarlas, y luego sonriente le dice con ternura:

—Qué guapo era José Karlos, ¿no?

—¿Él? ¿Guapo?

—Es un monino —míralo ahí— y le señala al niño disfrazado del Hombre Increíble, —realmente un monino— repite y sonríe.

—Sí, ¡qué lindo! —responde Luciana, con tono de burla, y al mirar a José Karlos quiere sacarle la lengua. El chico sonríe a Shirley con bochorno y no nota que ella acaba de tener una idea «fenomenal» hasta que se ve envuelto en un proyecto impensado: organizar con Luciana una fiesta de Halloween para los niños.

A pesar de que él y Luciana lanzan chispas antes de decirle a Shirley que no es buena idea, que no tienen horarios parecidos y la falta de tiempo Shirley no ve inconvenientes. Los dos le sonríen a la coordinadora, y cuando esta se va, José Karlos le recrimina:

—¿En qué me has metido por culpa de esas fotos? Eres una tonta.

—Tú un amargado. No sé cómo Shirley piensa que le vas a dar alegría a los chicos. Allá tú, yo voy a hacer lo posible para que esta fiesta sea inolvidable y para que Shirley esté orgullosa de mí.

—¿Ves? Solo piensas en ti. —José Karlos la imita con voz chillona—: «Para que Shirley esté orgullosa de mí. Para que mis papis vean lo magnífica que soy. Para que…».

—Para que José Kaco se cague en sus pantalones —completa Luciana y se voltea para continuar arreglando el montón de papeles. Él se calla y toma las fotos que Luciana ha dejado aparte. Piensa que era un niño guapo y este pensamiento lo acompaña por toda la tarde.

Para Luciana es sorpresa enterarse de que José Karlos estudia en línea, que está en el grado 12 y que tiene planes de ir a la universidad. Tampoco sabe que lleva tantos años en el refugio. Le habían comentado que había vivido en la calle un tiempo después de que su abuela muriera y luego una vecina lo había llevado al Hogar y había tratado de que lo adoptaran varias veces, pero por problemas, los procesos de adopción se habían ido a pique y, ya después de adolescente, las opciones de encontrar una familia se habían ido desvaneciendo con cada cumpleaños.

El grado 11 es importante...o no. Lo que sí me consta es que Luciana está más exhausta y preocupada que nunca. Aparte de sus clases, se prepara para los exámenes de admisión, aprende a manejar, juega en el equipo de *lacrosse*, es miembro de los clubes de italiano, ciencias, multicultural, y ahora encargada de la fiesta de Halloween. ¡Mamma mia! A veces se le olvida que es parte del coro a capela al que sus amigas la han forzado a entrar y que, si hace una actividad más, va a terminar como un globo que explota por tanto helio, en el piso arrugado, imposible de sostenerse en tan poco espacio, mezclado con las hojas de otoño que el viento sopla en su rostro, hasta hacerla despertar y sentirse aliviada de estar en su cama de cobijas de claveles y tulipanes amarillos.

¡Uf, un sueño! ¿Qué horas son? Me tengo que ir al colegio; no me alcanzo a bañar ni a desayunar. Adiós, mamá. Te texteo cuando llegue.

Durante el almuerzo, ve un mensaje de un número desconocido.

> Hey. Es JK. Estamos a 16 y no hemos hecho nada.

—Ah, el José Kaco. Debe imaginarse que yo no hago nada. —Y le escribe:

> Tenemos tiempo. Hoy voy al refugio y planeamos. Nuestra fiesta
> va a ser *fire*.

Él no contesta, lo que no sorprende a Luciana. Cuando lo ve en el refugio esa tarde, le cuenta sus planes: va a llevar los dulces (su madre va a hornear pastel de calabaza y galletitas en formas de esqueletos), decorar con el tema de Bob Esponja y traer una piñata. José K. puede ser el DJ, ya que es bueno con la música, y pueden tener un concurso de disfraces. Él no está de acuerdo con el concurso: ¿para qué hacerlos competir entre ellos mismos?

Bueno, entonces un desfile, y podemos invitar a los niños que han estado antes. Y, no es buena idea; los que están aquí van a sentirse tristes de que los otros ya tienen una familia y ellos todavía están en espera. Tienes razón. No está tan mal trabajar con José Kaco. Por fin le enseña un par de sonrisas y Luciana le responde con otras. Se siente contenta de hacer algo por los niños.

Para rematar, el padre de Luciana contacta a Tele-Vista para que haga un reportaje del evento. Shirley no sale de la sorpresa; los chicos resultan ser generales.

Al fin del día Luciana también se sorprende cuando José Karlos le dice:

—Luciana, no eres tan desastrosa como pensé.

—Tú tampoco —contesta ella y los dos se miran y sonríen—. El otoño alumbra, han asomado los tonos rojizos, dorados y crujientes.

La siguiente semana Luciana y José Karlos se encuentran un par de veces más. La tarde más divertida es cuando los niños del refugio se suben al bus escolar y van con ellos y Shirley a *Plan Ur Party*. Uno de los niños quiere ser Superman; Leslie, Harry Potter, los gemelos Sal y Azúcar, y así los demás. El jueves, Luciana decora, arregla la piñata y los niños ya sueñan con el día esperado. Un día más, solo un día más, para la gran fiesta de Halloween.

El viernes Luciana llega muy emocionada al refugio. Todo está listo. Los del noticiero alistan sus micrófonos y los niños la sorprenden con sus trajes. Algunos tienen maquillajes con la cara cortada, ojos caídos, todos con dulces, corren y juegan en el zaguán. Es el espíritu de la alegría, pero falta algo: no hay música. Falta el DJ. La joven le pregunta a Shirley por José Karlos.

—Dice que se siente enfermo. No quiere hablar con nadie —le dice Shirley con resignación.

—¿Qué tiene?

—Creo que fue en un Halloween cuando vio a su madre por última vez.

Luciana no sabe qué decir, pero le envía mensajes al chico; lo llama sin conseguir respuesta. En un descuido de Shirley, se escabulle para buscarlo en su cuarto. Llama a su puerta.

—Hola. Sé que estás ahí. Ven, baja a estar con los niños y a animar la fiesta. Los niños te esperan.

No hay respuesta.

—José, Josecito, José Kaquito, Josecito Koquito.

— ¡Vete!¡Estoy enfermo!

—¿Es muy grave? ¿Qué tienes? Por favor, baja y ven a celebrar hoy con nosotros. Ya tenemos la comida, los del noticiero ya llegaron, tenemos la piñata...pero faltas tú.

—No. No le hago falta a nadie. Estoy solo.

—No es verdad. No estás solo. Tienes a Shirley, a los chicos del refugio, a los niños que te quieren. Me tienes a mí y... a mi familia.

—Tu familia ni me conoce. ¿Cómo dices que son algo mío?

—Pues no te conocen, así que se diga conocen, pero saben de ti y que eres mi... mi amigo.

—Déjame. Halloween no va a hacer nada por los niños. Mañana sentirán el mismo vacío de los otros días. Tú no tienes ni idea de lo mal que es vivir sin tener a nadie que te quiera de verdad.

—Mañana los niños van a tener dolor de barriga de comer tantos dulces, y luego se van a acordar de esta fiesta y van a pensar en lo bien que lo pasaron.

Vamos, José K., necesitamos la música, imagínate una fiesta sin DJ, ¡qué aburrido! Ven, por favor.

Hay un largo silencio. Las puertas verdes cerradas de cada cuarto son como una de esas abadías de la antigüedad, con largos corredores llenos de sueños.

—¿Luciana? —se oye la voz de José Karlos, detrás de la puerta.

—¿Hum?

—¿Qué haces en la puerta de mi cuarto? Voy a bajar para quejarme con Shirley de que los voluntarios quieren entrometerse en nuestras vidas.

—Eres un falso. Bueno, bueno. Ya me voy.

La joven baja hacia el zaguán y se ríe al mirar a Sal y Pimienta, que corren con una energía contagiosa. De repente, oye la gritería de los niños cuando suena la música: el DJ ha aparecido. Tiene los auriculares y baila con suavidad, como bailan los chicos con alma.

Luciana agita sus pompones con alegría y rápidamente baja a servir los pasteles a los invitados. La noticia de la fiesta en el refugio es un éxito en la tele, y un baile que hacen los niños es la locura viral de la temporada: hasta la alcaldesa los visita.

Así, ese otoño es uno de los más recordados por los habitantes del refugio, y de esta fiesta se habla por una buena temporada. Tanto gusta que a José Karlos y a Luciana los encargan del Día de Acción de Gracias, Navidad, Janucá y las que siguen.

La buena noticia es que Luciana toma los exámenes de admisión, y su puntaje no es tan terrible como esperaba; igual lo toma de vuelta en enero. El grado 11 pasa como todo lo demás, pero lo recordaría años después como uno de los más importantes de su vida, no tanto por la perspectiva de ir a la mejor universidad, sino porque ella y José Karlos se encuentran y son amigos para siempre.

Ḥuellas en la nieve

Después de la alegría de las fiestas de Navidad, Janucá y Kwanza, Tabitah, una chica que cursaba el octavo grado, se sintió desolada al pensar que ahora venía lo duro del invierno. Casi siempre se sentía así cuando miraba el calendario de la escuela y en letras bien claras decía:

			ENERO			
DOMINGO	LUNES	MARTES	MIERCOLES	JUEVES	VIERNES	SABADO
29	NO HAY CLASES :) 30	AÑO VIEJO :) 31	AÑO NUEVO)) 01'	VUELTA A CLASES :(02	BLA, BLA, BLA 03	04

Ella, sus amigas, y ni qué decir de sus maestros, sentían el vacío de los papeles de regalo arrumados por doquier en la sala; las luces del árbol de Navidad, apagadas en un rincón de la casa, esperaban que manos milagrosas se llevaran esa melancolía.

Al regreso a clases se sumaba un dolor más grande para Tabitah: su perrito Tobi se había enfermado y tenía pocas semanas de vida. A pesar de su aspecto juvenil y juguetón, Tobi ya tenía trece años. Tabitah, catorce, así que él y ella habían vivido y crecido juntos. Más que un perrito, era un hermano.

Cuando la doctora les informó que no le quedaban más de dos semanas de vida, ella y su madre le preguntaron si una dieta especial o algún medicamento podrían extenderle la vida. La doctora, con voz de experiencia, les contestó:

—No. Podríamos hacerle una operación al hígado y reinsertar unas células para ayudar su sistema renal. Esto es doloroso y costoso —respondió mientras anotaba algo en la pantalla de su computador.

—¿Y... como cuánto costaría? —preguntó Tabitah con la esperanza de que lo ahorrado en su marranito ayudara.

La doctora les dijo que la secretaria les daría la información necesaria e hizo un gesto con la mano que daba a entender que la consulta había terminado. Sin embargo, la madre, al tomar su cartera, preguntó:

—Doctora, una última pregunta: si le hacemos esa operación, ¿cuánto tiempo de vida le daríamos?

—Cada animal es diferente, usted sabe. Tobi es un perro pequeño y está débil —respondió mientras miraba su teléfono digital.

—Bueno, sí —continuó la madre—, pero... ¿unos meses, un año, dos? Solo para darnos una idea.

—Sin la operación, muy poco. Con ella, es difícil saber. Tendríamos que hacerle una enterotomía —dijo, al tiempo que buscó en un escritorio donde había muchos folletos informativos.

Tobi, que miraba asustado, como un clavel a punto de ser picoteado, sintió un gran alivio cuando la doctora le dio un pequeño hueso de recompensa por ser el mejor perrito y lo puso en brazos de la joven.

La madre y Tabitah salieron del consultorio con más preguntas que respuestas.

—A su papá no le va a gustar nada esta noticia —dijo la madre—, y menos si es otro gasto con el que no contábamos.

—Mami, pero con el seguro de salud y lo que tengo ahorrado, podríamos hacer la operación —apuntó con optimismo.

—Nena, no le tenemos seguro a Tobi. Como siempre ha sido tan saludable y con tantas cosas en que pensar, nunca compramos uno…

—¡Mamá! ¿Qué? Yo lo hubiera pagado….

—Con tantos gastos, es complicado —contestó al tiempo que acarició la cabeza de su hija.

Subieron al auto. Tobi, sin energía, yacía como una manta en las piernas de Tabitah. Ella le sobó su cabeza y sus orejitas, tan suaves como los copos de nieve que abundan en invierno.

Años después, cuando hablaba con Tabitah de perros, le pregunté acerca de Tobi. Ella me mostró su diario; lo leímos juntos y me dio el visto bueno para compartirlo en mi blog *Los canes se revelan*.

~Enero 2

Hoy volví a la escuela. Como imaginas, la pesadez después de las fiestas es dura.

Lo peor fue llegar a casa y ver que Tobi apenas movió su colita. No ha sido el mismo desde hace un tiempo. Ya sabes que no es exageración cuando digo que hubiera podido ser campeón de atletismo.

Lo primero que hacía al levantarse era correr a donde mami para que lo sacara al patio, y ya libre, daba unas cinco vueltas a una velocidad inalcanzable. Muchas veces mi perrito se salió de casa a correr por las calles del barrio, y papá y yo salimos detrás de él a agarrarlo, sin mucho éxito. Tobi siempre llegaba primero que nosotros a casa, tan tranquilo; papá y yo, jadeantes, mientras que él, listo para seguir jugando.

Pero ahora no corre, no ladra, y apenas caminamos una cuadra, se quiere devolver. Hoy, en la esquina, lo he halado pa' que ande, pero no quiso. Volteó su hocico y me miró confundido. Volvimos. Tal vez está cansado, aunque tengo miedo de que sea algo peor.

~Enero 6

La profe de español nos dijo que, en España, Argentina, Puerto Rico y otros países se celebra el Día de Reyes. Que los niños piden deseos a los Tres Reyes Magos y dejan paja en sus zapatos para que los camellos coman al llegar.

Les pedí que le devuelvan la salud a mi Tobito, el chiquito. Si me hacen el milagro, prometo ser la mejor chica de todo el mundo.

Lo saqué apenas llegué del cole y no quiso andar ni media cuadra. Además, ya ni puede subir al balcón, su lugar preferido para espiar a los vecinos y delatar a las ardillas, gatos, patos…lo que sea. No hoy.

A pesar de la medicina que tenemos, su popis está aguada, de un color amarillo rojizo, extraño. ¿Qué voy a hacer si algo le pasa?

~Enero 7

Los Reyes no me han escuchado.

Hoy fuimos a otro veterinario. Este nos dijo algo parecido a la doctora Silverado… o peor. Tengo rabia, porque nos dijo que, si queríamos, podría poner a Tobi a dormir enseguida, sin necesidad de esperar. ¿Qué piensa ese larguirucho? Nos dijo que, con un pequeño pago extra, lo haría vía *express*. Mamá casi acepta, pero papá y yo la hicimos entrar en razón y le dijimos que teníamos que despedirnos de él, hacerle una celebración, no solo dejarlo ahí y adiós. Es triste decir «adiós» a mi mejor amigo.

~Enero 8

Hoy Tobi ha estado tendido en el sofá. No levantó su cabeza. Tampoco quiso recibir ni un pedacito de su carne favorita. Hasta hace poco, Tobi devoraba todo: cereal, lechugas, zanahorias, jabón, plumas de cojín, salami… Mis tíos siempre me regañan porque dicen que la comida humana es malísima para los perros. Tal vez algo de lo que le di dañó su estómago. Si vuelvo a tener otro perrito, nunca jamás le voy a dar ni una onza de chicharrón o arroz. Solo la comida más exquisita y orgánica que exista.

Lo único que me pidieron sus ojos fue un sorbo de agua para mojar su lengua.

~Enero 9

Esta noche tuve a mi amigo todo el tiempo conmigo. A pesar de su fragilidad, me lamía las manos sin parar. Siento que es su manera de despedirse, de decirme:

«Te amo amiga. Eres la mejor amiga del mundo, te quiero, te quiero mucho. Eres súper, cool, genial, fantástica, eres mi amiga del alma y te tendré en mi corazón cuando esté junto a mis hermanos perrunos.»

Ahorita duerme conmigo. Antes de acostarlo, lo hemos tocado y acariciado sus patitas graciosas. Recordamos momentos, como cuando era bebé y no le gustaba tomar su medicina, y movía la lengua y su cabeza para uno y otro lado.

La vez que mi amiga Lauren lo «secuestró», y mi papi tuvo que ir a rescatarlo. Nos dio risa recordar sus disfraces de Halloween y su corbatín de seda para celebrar mi primera comunión. Ese día jugó con mi largo vestido blanco; se escondía de mis amigos y después aparecía. Era un muñeco que jugaba a las escondidas.

Tantos recuerdos inolvidables.

No puedo (y no quiero) estudiar ni hablar con nadie. Mis padres y yo decidimos que lo mejor es que Tobi no sufra más. Mañana lo llevaremos a descansar... 😔😔

Amigo, mañana estarás junto a tus compañeros, esos que tanto te han hecho ladrar y jugar. ¡Qué suave pelaje tienes, chiquitín!

Qué duro es despedir a un mejor amigo. Tengo los ojos hinchados de tanto llorar. Hoy llevamos a Tobi al *vet* y lo pusimos a descansar para siempre. Había otros perritos que iban a tener el mismo destino que Tobi. Cuando fue nuestro turno, el doctor nos llevó al patio de atrás de su consultorio y nos dijo algo como:

—Aquí, en esta mesa, le vamos a poner la inyección, que es como una anestesia. Tobi sentirá una picadita que lo relajará y ya no va a sentir miedo ni dolor. Pueden despedirse de él, y cuando estén listos, toquen esta campana y mi secretaria me llamará.

El doctor nos miró con compasión y se fue. Uno a uno le acariciamos el pelaje y le dimos nuestra despedida. Primero mamá; luego papá, que no pudo contenerse y le puso su cabezota sobre la de Tobi. Él se la lamió con suavidad. Cuando llegó mi turno, mis padres se apartaron de la mesa donde estaba mi amigo y quedé junto a él.

—Tobi —le dije suavemente en su orejita—, pronto vas a descansar y podrás correr, jugar y hacer bromas. Te voy a extrañar, chiquito. Soy la persona con más suerte en el mundo porque me enseñaste que la amistad es ser generoso, juguetón y leal. Tobi lindo, ahora me toca dejarte, pero quiero que sepas que te quiero con todo mi corazón y que siempre estarás conmigo.

Tobi permanecía acostado en la pila, y de vez en cuando me miraba con sus ojitos oscuros, ya idos, pero aún dulces. Lo abracé un momento y después le dije a mis padres que ya estaba lista. Toqué la campana. El doctor vino con una enfermera y nos dijo que esperáramos en la oficina. Antes de entrar, le mandé un beso en el aire: *Adiós, Tobi, mi gran amigo*.

Cuando el doctor terminó, Tobi estaba envuelto en una sábana, completamente dormido. Él les explicó a mis padres los siguientes pasos. No quise escuchar, no pude.

En el carro, los tres íbamos en silencio. Miré por la ventana y vi caer un copo de nieve, el primero de ese invierno. Poco a poco la nieve formó una interminable espuma blanca y suave que me recordó que Tobi no volvería a jugar en ella.

~Enero 15

No he tenido deseo de escribir ni una palabra, y mucho menos estudiar. Cada vez que llego a casa, pienso que voy a encontrar a mi perrito listo para saludarme.

Lo único que he hecho es mirar sus fotos. Acabo de hacer un álbum con ellas. Voy a ponerlo al lado de los libros que tengo que estudiar. Así, cada vez que tenga un examen importante o algo que me preocupe, voy a mirar las fotos de mi amigo y sabré que todo va a estar bien. Cuando se ha tenido un amigo como Tobi, con solo pensar en él, vuelve mi alegría.

Después de leer su diario, Tabitah me mostró el álbum con las fotos de Tobi. Era parecido a mi perro Gordo, y pasamos un buen tiempo recordando, tanto que son mis invitados en mi próximo blog. Denle *me gusta* y escríbanme a blogloscanesserevelan@gmail.com. Tabitah estará feliz de conocer sus historias y recordar a Tobi, su ángel perruno.

Conexiones

Eva María Di María, una joven de dieciséis años recién cumplidos, acababa de ver en YouTube que, para el Día de San Valentín —o Día de los Enamorados—, aproximadamente 58 millones de libras de chocolate se consumían y como 700 millones de tallos de flores se importaban para esta celebración.

Estas cifras exorbitantes significaban un cero a la izquierda para Eva. Primero, porque no tenía novio; segundo, porque no había nadie en la mira que le gustara; y tercero, porque tenía otros problemas en que pensar.

Así que, acostada en su cama boca abajo y con las manos en su rostro, se repetía una y otra vez que no quería viajar a Florida para visitar a sus abuelitos. Ella los adoraba; el problema era que allí no había jóvenes. Todos eran o jubilados o visitantes, siempre dispuestos a entrometerse.

—Eva María, estás muy bonita, pero primero tienes que terminar tus estudios para ennoviarte —le decían.

—Muchacha, la vida está tan dura, y con una inflación desorbitada, que ni tú ni tu generación podrán hacerse a una casa ni en treinta años.

«¿Inflación? ¿Qué inflación?»

—Eva —decían otros—, la juventud se pasa tan rápido... Pronto vas a estar de la edad de nosotros; arrugada, jubilada y pensando cómo gastar el dinero que ahorraste.

«¿Arrugada yo? ¡Nunca!»

—Nunca, nunca, nunca te vo' a da' mi muñeca —gritó la hermanita de Eva, y la joven bajó de su nube. Miró a un lado, miró al otro... ¿Dónde estaba? Ah, el aeropuerto, *hijue*, no me salvé de esta.

Y confirmó que estaba en la sala de embarque con destino a Aventura, junto a sus hermanitos Bella y Ben, mientras mamá y papá hacían las últimas compras. Los niños siguieron molestando, así que ella les gritó:

—¡Niños, paren! Le voy a decir a mamá lo insoportables que están.

—¡Nananana! —dijo Ben, y le dio un golpe en la pierna a su hermana mayor.

—Ben, eso no se hace. No se le pega a su hermana. Te voy a sentar encima de esta maleta y no vas a poder moverte de aquí hasta que venga mami.

Eva se levantó del asiento con energía y estaba a punto de alzar a Ben para cumplir su promesa cuando se dio cuenta de que un chico de su edad, justo frente a ella, la miraba de reojo por encima de su celular, con una leve sonrisa.

Ella quiso gritarle: «¿Qué me vio, cara de extraterrestre? ¡Por qué no mira para otro lado! ¡Uhhhh!»

No tuvo opción de decirle nada porque el muchacho le señaló en el piso la chaqueta que se había caído de la maleta de Ben y se inclinó para dársela. Ella volteó los ojos y susurró un seco «gracias».

Él bajó su teléfono y se hundió en la pantalla. Eva sentó a sus hermanitos, uno a cada lado de ella. Por unos segundos estuvieron en intermisión, hasta que Ben se bajó de la silla y dio unos pasos; cuando se enredó con el equipaje que estaba en el piso, se tropezó y cayó ante los tenis del muchacho.

—Ben, ¿qué diablos haces? ¡Levántate! Ya nos vamos a ir —Bella iba a bajarse también del asiento, pero Eva la paró con el brazo—. Quédate aquí —le indicó con voz dura—, y fue a ayudar a Ben.

El desconocido lo desenredó de la maleta, y Ben lo miró con curiosidad.

El pequeño se paró con dificultad, le puso la mano al extraño en la pierna y vio que el chico jugaba *Dragones Voladores*. Se puso su dedito en la boca y, cuando Eva lo alcanzó y lo alzó, él se puso a patalear con sus pies en el aire.

—Ben, pórtate bien; si no te vas a quedar aquí solito en este aeropuerto y no te vamos a llevar con Tita.

—No —gritó el niño, y se sacudió como gelatina de los brazos de Eva.

El niño tenía fuerza, así que ella tuvo que luchar hasta que lo dejó en el piso.

El extraño entonces le dijo al niño:

—Guau, eres muy fuerte. ¿Quieres jugar conmigo? —al tiempo que le mostraba su teléfono.

—No —señaló Eva—. Ven, Ben, toma tu leche —Ben fue a donde su hermana y le quitó el vaso.

El desconocido aparentó no mirar a la chica, pero ella se dio cuenta de que, de tanto en tanto, subía el teléfono hasta su cara y de ahí enfocaba sus ojos para observarla.

«Y a este, ¿qué le pasa?», pensó ella, pero al mirar lo que hacía Bella, lo examinó de reojo. No le pareció atractivo, tampoco le pareció feo, y concluyó que tenía bonitos ojos negros.

Ya Ben terminaba su leche cuando llegaron sus padres y, sin pausa, gritaron:

—Eva María, vamos, nos están llamando para embarcar. Te hacíamos señas, ¿no nos veías?

—¡Vámonos! —gritó papá para que se apuraran.

Mamá alzó a Ben, papá a Bella, y Eva se llevó las maletas y las chaquetas que estaban en el piso. El extraño, sin quitar la mirada del teléfono, le dijo «Adiós». Ella no esperaba su despedida y, con frialdad, le respondió igual.

Así, mientras iba cargada, alcanzó a notar los chocolatines en forma de corazón que parecían guiñarle el ojo, y a los que no quiso prestar atención.

Por fin, en el asiento del avión, la chica acomodó a Ben, le buscó su película y lo cobijó. Luego quedó con sus *Airpods* y remató con su saco encima de la cara. Ya no tenía nada de qué preocuparse, y en un segundo alcanzó el país de los sueños.

Un golpecito en el brazo la despertó de su siesta. Sin quitarse el saco de la cara refunfuñó:

—Ben, quédate quieto o el capitán te apaga la película.

—Uhm, permiso —dijo una voz masculina desconocida.

Eva se quitó el saco y, con sorpresa, vio que era el chico de la sala de espera. Él trató de no reírse del pelo parado de Eva por la estática y solo dijo:

—Es mi silla —y señaló el asiento junto a la ventana.

La mamá de Eva se asomó desde su puesto a ver quién era el muchacho y dijo:

—Ah, mira. Tienes compañía. Tú que decías que no había nadie de tu edad.

—¡Mamá! Uh —Eva se levantó sin ganas, agarró sus cosas y dejó que él pasara. Sentó a Ben en la mitad, pero este se empecinó en quedar en el pasillo, junto a mamá.

El chico se puso sus audífonos. Olía rico y le recordó la sal del mar y la frescura de la brisa en la playa de Jones Beach.

—No había asientos —comentó él.

—No hay problema —fue la respuesta de Eva.

—Soy Gregorio. Me dicen Greg.

—¡Hey! Eva —contestó ella con sequedad, demostrando que era una chica seria que solo deseaba dormir.

Eva se tapó de nuevo y comenzó a hacerse conjeturas:

«¿Vendrá solo? ¿Por qué irá a Florida? ¿Será que vive o tiene familia ahí? Greg suena a bagre. ¿Qué tal que fuera para el condominio donde están mis abuelitos?»

Y, pensando, pensando se durmió entre el calor de su hermanito y Greg.

—Eva, Eva, vamo', de'pierta, vamo' a la pi'cina —gritó Ben.

Eva abrió los ojos, miró donde estaba y vio el cuarto adornado con cuadros de palmeras, ostras y flamencos. Sí, había llegado ayer a Aventura. Había… esperado por las maletas, se había despedido de Greg, tenido ganas de no verlo más, alzado a Ben, peleado con Bella, subido al carro, abrazado a sus abuelitos, hablado con sus amigas en el celu y caído muerta del cansancio.

—Hrr —gruñó—. ¿Qué hora es? Déjenme dormir, cansones.

—¡Nanananana! —dijo Ben, quien comenzó a hacerle cosquillas y animó a Bella a hacer lo mismo a su hermana.

—Mami, —chilló Eva—. Ben y Bella me están molestando.

Se sentó en la cama y también los agarró del estómago hasta que los tres no se pudieron levantar de las carcajadas. Ben les tiró las almohadas e iban a empezar una guerra cuando fueron interrumpidos por abue, quien les dijo que pronto estaría el desayuno.

Antes de pasar, la joven le dijo a mamá que iba a correr. Era lo que la despejaba y, como estaba temprano, podría hacerlo sin achicharrarse. Así que se puso su traje de atleta, audífonos incluidos, y salió a correr. Ya llevaba un buen tiempo cuando la asustó un grito que venía de un balcón.

—¡Hey, hoolaa!

«Carajo, susto. ¿Quién podrá ser? No conozco a nadie por aquí.»

—Aquí —el grito provenía de un departamento del condominio B—. Giró su cabeza hacia arriba y, para su sorpresa, era Greg.

Ella abrió su boca como si fuera a tragar un cocodrilo.

—¿Me estás siguiendo? —bromeó Greg desde el balcón, cual amigo de toda la vida.

—¡Me asustaste! ¡Eres tú el que aparece por todo lado! —Y, sin darle tiempo a contestar, continuó con su trote rítmico. La meta era correr sin detenerse jamás. «Qué hace por aquí? Mañana voy por el canal, aunque dicen que hay cocodrilos… ¡qué miedo!»

Mientras ella pensaba eso, el chico la siguió con su mirada hasta que ella dobló en la marina y se perdió. Se quedó pensando en ella y se dijo que sería cool verla pronto, tanto como ser el dueño de uno de los botes que estaban atracados en las casas al frente del condominio.

👟 👟 👟

—Eva, Eva, vamo', de'pierta, vamo' ya —gritó Ben y la sacudió.

Había tomado una siesta después de correr, y ahora, al parecer la estaban esperando para irse todos a casa de quién sabe qué vecino a un almuerzo.

—Mamá, estoy muy cansada. Me muero del calor, y es muy temprano para almorzar.

—Mija, los amigos de tus abuelitos están cocinando y nos han invitado.

—¿Y yo tengo que ir? Vayan ustedes, yo me quedo.

—Eva María Di María, no vinimos para encerrarnos. Ya en Long Island hemos estado guardados con este invierno como por ocho meses. ¡Ahora se disfruta!

—Mami, pero es que…

—¡Pero nada! ¡Nos vamos ya!

Eva ni se había arreglado, y lo que más le enfadaba era no poder tomar sus decisiones. Si no deseaba ir, no iba; no iría por nada del mundo… hasta que Ben le dio su maletita y le alzó los brazos para que ella lo cargara. No había remedio. Al apartamento de los vecinos de sus abuelos —personas que nunca había visto en su vida y que no tenía ningún interés en conocer— iba ella, con la alegría del gato en un precipicio.

Ella poco se emocionaba con extraños, así que fingió cortesía al intercambiar saludos, sonrisas, besos y abrazos.

—Mi hija, mi yerno y mis nietos —dijo el abuelo, muy orgulloso—. Llegaron ayer de Nueva York.

—¡Qué gusto! —dijeron los anfitriones—. Niños, vengan a saludar —gritó la vecina.

Del pasillo salieron dos niños de las edades de Bella y Ben, y un chico que ella miró con asombro: Greg. Mamá lo reconoció al instante:

—Mira, tu compañero de vuelo.

—Uhhum —susurró sin mirar al frente, deseosa de que el piso se la tragara. Trató de alisarse el pelo y evitar los mechones que ella sabía se salían de lado y lado.

—Hola —dijo Greg—. ¿Qué más?

—Bueno muchachos, —dijeron los anfitriones— pueden ir al cuarto a jugar vídeos; ya pronto está la comida.

Todos los menores se fueron al cuarto a jugar. Eva y Greg quedaron encargados de los más pequeños.

Ella se resignó a su suerte y tomó el control del videojuego que Greg le ofreció. Comenzaron con

Dragones Voladores, versión 8.8, claro está. Él era experto, pero ella también, así que comenzaron la guerra de quién iba a ser el ganador. Los otros pequeños jugaron con los crayones, saltaron en las camas y, los mayores, con los ojos pendientes en la pantalla y en los niños, vieron que ellos podían entretenerse muy bien.

Entre juego y juego Greg le preguntó a Eva:

—¿A qué escuela vas?

—Voy a NSM

—¿Qué?

—Nuestra Señora de la Misericordia.

—Yo al San Patricio.

—Muy estricto.

—No tanto. ¿Y cómo es tu escuela? ¿Solo niñas? ¿Se pelean mucho?

—A veces, pero también nos reímos y molestamos todo el día —contestó, pegada a los controles del juego.

—Yo no podría estar solo con varones. Me gusta conocer a todo el mundo, hablar, ir a fiestas con mis amigos. Soy muy gregario.

—O sea que por eso te pusieron Greg.

—Seguro, ¿qué crees? —y movió el control de los videojuegos, y con maestría lanzó su artillería y mató a tres dragones de Eva.

—¿Ah, con que te crees muy bueno? Pues te voy a mostrar quien soy —y, con fuerza, Eva hizo varios clics, movió los brazos; el pelo se le desparramó, pero consiguió alcanzar y aniquilar a los dragones de Greg.

Así continuaron en la tarea de acabar el uno con el otro en el juego, y ella preguntó al chico:

—Oye, no te vi con nadie en el aeropuerto. ¿Estos son tus hermanitos?

—No, bueno… Mi mamá y mi papá se están divorciando. Yo quise venir a pasar unos días con mis abuelitos. Ellos son mis primos, viven aquí en Florida y también están pasando vacaciones. Mis abuelitos querían que todos los nietos estuviéramos juntos.

—Siento lo de tus papás.

—Ni modo. Trato de no pensar en eso. Todavía vivimos juntos.

—¿Ah, sí?

—Están vendiendo la casa. Mami quiere que yo me vaya a vivir con ella.

—¿Y qué piensas?

—No sé. Por eso quiero estar aquí para descansar.

En esa conversación estaban cuando los olores de la comida los hicieron dejar de lado los controles e ir hasta la mesa, que más que un almuerzo era un banquete. Si Eva hubiera podido, habría comido la delicia de chorizo, hamburguesa, pan, ensalada de papa, de macarrón, de verduras, pollo empanizado, a la cazadora, carnitas mexicanas, ternera y aguacate. Añadido a esto, de postre había arroz con leche, postre de natas, corazones de chocolate, galletas… tanta era la abundancia, pero ella estaba en dieta para la fiesta que las estudiantes de grado once tenían a final de mes.

Greg no vio problema en lanzarse a la mesa y, después de limpiar el plato, fue a repetir tres veces más. *Este*, pensó, *come como un hipopótamo*, y le gustó la manera en que disfrutaba de cada bocado, la sonrisa auténtica que le salía al probar cada cosa, como si fuera la última vez que comiera.

—Tienes que comer algo, chica.

Le sirvió hamburguesa, papitas y un montón de galletas. Para rematar, le dio un chocolate en forma de corazón. Al dárselo, la miró sin hacerse el importante; sin embargo, bajó los ojos y la observó.

Ella tomó el chocolate y le dio la vuelta con interés. Desde el séptimo grado que no recibía un corazón así. Lo abrió, lo comió, y algo debía tener porque sintió como una piquiña en el pecho, una risa nerviosa, un sol brillante y un calor sudoroso en las manos.

Después del almuerzo, los chicos escaparon al parque para evitar ver el engorroso espectáculo de los adultos que se alistaban para bailar salsa. A pesar del calor sofocante, hicieron competencias en los columpios para ver quién llegaba más alto. Lo mejor era la sensación de libertad: la brisa, la alegría del cielo rosado-azuloso, los botes en Los canales y Cupido que andaba por ahí, con sus flechas apuntando.

En su cuarto, Eva apagó la luz y se hizo la dormida para que la dejaran en paz. Después de un tiempo no se pudo contener, comenzó a saltar en la cama, como si con el vuelo pudiera alcanzar una a una las sensaciones que tenía en su cuerpo y en su mente. Por supuesto, la imagen que la ocupaba era Greg: su negro cabello despelucado y la sonrisa fácil que hacía brillar sus ojos negros. Flacuchento sí era, y *cute*.

Cuando pudo poner un poco de orden a su desorden, se recostó y texteó a sus amigas para expresar, en pobres palabras, lo que le pasaba. Puso fotos, así que ellas no hicieron sino hacerle preguntas: quién, dónde, cómo, cuándo y... al instante ya todas se habían enterado de que le gustaba un chico en la Florida.

🌴 🌴 🌴

—Eva, Eva, vamo', de'pierta, vamo' a la pi'cina —gritaron Ben, Bella y la sacudieron entre las cobijas.

—Hija, por favor desayuna y baja a la piscina con los niños que ya están listos.

Y vaya que sí lo estaban: flotadores, gafas y aletas de buceo, listos para ir a aguas cautelosas.

No digamos que Eva estaba muy contenta de este despertar, pero Greg le había texteado para verse en la piscina. Ahí lo divisó con su vestido de baño de caballitos de mar, sus piernas flacas, con vellos desordenados y una grata sonrisa. Estaba con sus primitos y, cual marinero, se entró con ellos al agua.

Eva ayudó a sus hermanitos, aunque ella se quedó al borde de la piscina.

—¡Ahhh! —gritaba Ben— ¡Soy un tiburón! ¡Me los voy a comer!

—¡Nooo! —gritaban Bella y los otros niños, quienes se defendían de los rápidos aleteos de Ben.

Eva reía al ver a sus hermanitos, delfines del agua. Greg que la vio en el borde de la piscina le preguntó:

—Ven. ¿No sabes nadar?

—No. No sé —mintió.

Greg se le acercó para ayudarla, y cuando ya estaba en el agua, ella le echó manotadas de agua en la cabeza y cuando él movía el cuello de lado a lado, ella aprovechó para entrarse al fondo y nadar hasta el otro lado como una mantarraya.

Greg se quedó de una pieza al ver su rapidez, pero como también era chico del agua, la retó:

—A ver si ganas en mariposa.

Los niños vieron nadar a su hermana con el encanto de una sirena y a Greg con la fuerza de un tiburón. Entre todos hicieron carreras, se lanzaron desde el pequeño tobogán y, lo mejor, dejaron los miedos en el cloro del agua.

La semana pasó muy rápido. En la última noche Eva le confesó a Greg que antes, visitar Florida, le parecía tan aburrido.

—Igual, aunque prefiero estar aquí que en casa.

—¿Por lo de tus papás?

—Sí. Y por una, eh… un, eh… una…

—¿Una qué? ¿Qué dices?

—Una… tarea especial —dijo Greg y bajó los ojos.

—¿Una tarea especial? Hablas tonterías.

—Ejem —carraspeó el muchacho y se rascó la cabeza—. Continuó en voz baja:

—¡Cierra los ojos!

«Me va a besar, mamacita. No tengo ni idea cómo besar. Me voy a desmayar.»

—¡Abre ya!

Eva vio un oso de peluche que sostenía una caja de chocolates en forma de corazón. Quedó admirada de esto gesto y se puso la mano en la boca.

—¿Para mí?

—No. Para tu abuelo. Claro que es para ti.

Eva bajó la mirada. A pesar de que eran jóvenes, Cupido atinaba y no perdonaba. Sin saber cómo ni cuándo, ese día que parecía imposible había llegado: su primer día de San Valentín con alguien especial.

❦ ❦ ❦

El visitante emplumado

Todo comenzó aquel domingo por la mañana cuando los gritos del señor Tavarez despertaron a su familia. A pesar de las protestas de su esposa y de sus hijos Gálata, Gabriel y Junior, el padre había seguido hasta que no tuvieron más remedio que levantarse a ver lo que sucedía. Con el sueño confundido en sus rostros, se fijaron en la mano regordeta que señalaba hacia arriba y vieron un ave enredada en las cuerdas de la luz, que movía su cuerpo para escapar. Gabriel, que poco sabía de pájaros comentó:

—¡Papá, nos despertaste por una gallina gigante!

—No es una gallina, tonto. Es un ganso —afirmó Gálata— y, además, salvaje.

—Tan sabionda. ¿Qué diferencia hace? Es un pollo gigante y pronto se va a electrocutar.

—No digas eso, hijo —le refutó su madre al imaginar un animal muerto en su casa—. Mejor, traiga la escalera del garaje.

Gabriel fue y volvió con el pedido sin muchas ganas. Su padre se encaramó en la escalera con dificultad y sus manos comenzaron a mover las ramas del árbol para desenredar al ave. Al tiempo que el padre intentaba liberarlo, Gabriel comenzó a tomar fotos, que pronto circularon por las redes sociales de Nueva York.

Los demás tenían el rostro hacia arriba, a la expectativa, cada uno en sus pensamientos. Junior, de cuatro años, no soltaba la mano de su madre. Él había oído un sonido extraño en la noche y había corrido a refugiarse en la cama de su mamá, por miedo a que fuera un gato escondido en su cuarto que iba a comérselo. Ahora, al ver a semejante animal, sabía que no era un gato, pero no estaba seguro.

La señora Tavarez sentía la mano suave de Junior mientras pensaba si su esposo sería capaz de sacarlo. No quería aceptarlo, pero últimamente no tenía mucha fe en él: llevaba semanas sin trabajar y ya no sabía si realmente buscaba empleo. Gálata solo pensaba en lo popular que se volvería en la escuela al quedarse con el ganso y hacerlo su mascota. El señor Tavarez pensaba en lo suyo. Había vivido en Francia en su juventud, preparado carne de ganso y pensaba en hacer una deliciosa cena con el ave caída del cielo.

Cuando quitó el último cable, con expresión victoriosa levantó al ganso y le gritó desde la escalera a su esposa:

—¡Mi amor, ¿ves lo hábil que soy?!

—Cuidado se cae. Baje despacio.

—Nada de preocupación, mami.

—Suelte al pájaro.

—Ganso.

—No puedo, mi amor.

—¿Por qué?

—Porque esta noche vamos a comer ganso asado.

—¿Qué dices?

— Una receta que aprendí, por allá en mis años en Francia, *Je suis le chef qui t'aime, ma belle*.

—Mami —dijo Gálata preocupada—, ¿papá va a asar el ganso?

—¡¡Estás sorda!? —exclamó Gabriel en tono de burla—. Eso fue lo que dijo, y tú vas a tener que comerlo. Yo no: tengo planes.

—¿Planes? No, señor, hoy vas a adelantar el trabajo que falta. No quiero más malas notas —regañó mamá, con Junior alzado en sus brazos.

—Y tú Rick, baja de una vez. No vayas a caerte y deja de hablar sandeces, ¿con qué vas a matar y pelar al ganso?

—Mi amor, deja eso en mis manos. Una vez que pruebes esta exquisitez me vas a pedir que me vuelva cazador.

—Mamá, papá delira —dijo Gálata.

—Tú deliras —le contestó Gabriel y comenzó a desordenar el pelo de su hermana y a reírse.

—Deja a tu hermana, por Dios, me vuelves loca, Gabriel —y dio una palmada en el hombro a su hijo para volver la cabeza hacia su esposo:

—Allá tú, si quieres matar al pobre animal y comértelo. Ten en cuenta, eso sí, que si alguien se entera de lo que quieres hacer son capaces de llamar a los defensores de animales y a la cárcel vas a parar. No sería mala idea, te darían comida y techo gratis, pero no tan bueno, porque te queremos aquí —concluyó la madre.

—Miriam, por una vez déjame ser feliz —se quejó el señor Tavarez.

—Rick, Junior está muy asustado con ese pajarraco y no puede dormir. Así que llévatelo —dijo la señora Tavarez, mientras su pequeño murmuraba algo, hasta que ella entró a la cocina para preparar el desayuno. La seguía Gabriel, atrapado en la pantalla de su teléfono contestando los mensajes que le llegaban de sus amigos.

Solo quedó Gálata, que sostenía la escalera y le daba la mano a su padre para que bajara. Cuando él llegó a tierra, la joven admiró al ganso, que parecía o débil o cansado o temeroso de su aventura.

—¿Qué piensas Gálata? —preguntó su padre al tiempo que se acomodaba con una mano sus pantalones de pijama y con la otra sostenía al ave.

—¿Qué pienso? Que mamá tiene razón. No podemos cenar ganso. Seguramente está perdido y su bandada lo ha de buscar. ¿Por qué no lo soltamos y que vuele a su casa?

—Te vas a perder este plato *délicieux*. Gal, si lo liberamos son las fieras las que se lo van a comer. Allá es la ley de Marvin, el más fuerte sobrevive.

—Pero papi, es mejor dejarlo libre —dijo la joven, por más de que tenía deseos de quedarse con el ganso y volverse una chica popular.

Gálata pidió a papá que se lo dejara cargar. El ganso graznó y trató de mover las alas. Ella lo miró y comentó a su papá:

—Papá, mira, parece que tiene una herida en su ala. No la puede mover.

—¿Y ahora? Si lo dejamos en el bosque puede morir u otros animales se lo van a comer… O nosotros lo podemos llevar a nuestro estómago.

—Papá, ¿cómo puedes ser tan cruel? Puedo cuidarlo hasta que se mejore. Las heridas no parecen tan graves —contesto Gálata al tiempo que examinaba el plumaje del ave.

—Hija, tú no sabes nada de animales. Además, tu mamá no va a querer un ganso por aquí, otro gasto más y yo sin trabajo.

—Porfa, papá, lo tendré en mi cuarto. No será por mucho tiempo, porfa. Te lo suplico, dame tres días. Si en tres días no se alivia, lo llevaré al zoológico para que ellos lo adopten o sepan qué hacer.

A regañadientes su padre aceptó, pero con una sola condición: que no se fuera a dar cuenta su mamá.

Gálata le dio a su padre un abrazo y le dijo que ella lo cuidaría mejor que nadie.

El señor Tavarez hizo el gesto de quien se lava las manos. Caminó hacia la casa y entre silbidos le dijo a su esposa:

—Amor de mi corazón, invítame a desayunar.

—¿Y el pato?

—Gálata lo tiene y lo va a soltar para que se vaya lejos, lejos, lejos de aquí, tantarantatanta, lejos, lejos, muy lejos —y siguió tarareando una nueva canción.

—Tú y tus canciones. Bueno, desde que no llene esta casa de patitos, todo está bien.

—Son gansos, Miriam, hay una gran diferencia.

—Rick, mejor comamos aquí, no gastemos lo que no tenemos hasta que encuentres algo, espero que pronto. ¿Te registraste en TrabajoFeliz.com?

—Ah, para mujer, un descansito después de lidiar con esa bestia salvaje. Mejor dame un besito y un buen café —contestó el señor Tavarez con el entrecejo arrugado y los labios listos a dar un beso a su esposa.

—Hombre. No tienes arreglo...

Gálata sintió el corazón agitado del ave, las plumas toscas y fuertes a pesar de sentirse débil. Vio a sus padres entretenidos y pasó por la cocina con disimulo hasta llegar a su cuarto. Cerró la puerta con llave y puso al ganso en su cama destendida. El ave levantó su cabeza hacia la izquierda, con sus ojos fijos en ella, reconoció a su enfermera al tiempo que movió el ala buena en un gesto de entrega.

Es cierto que la joven no sabía nada del cuidado de animales, menos de un ganso, pero para eso existía el internet. Lo arropó con su cobija y trajo un platón con agua.

Lo acercó a este y el ganso como pudo bebió. Gálata le acarició sus alas y le dio el nombre de Meteorito, por ser venido del cielo. Esa tarde, le hizo una camita con hojas y tallos que encontró en el patio. Cuando llegó su hermano le dijo que tenía un secreto. Al ver al ganso, Gabriel la amenazó con contárselo a mamá si no le daba su merienda al día siguiente Qué error había sido confiar en él. Era un estúpido. Y sacó a su hermano a empujones.

Por la noche, de nuevo Junior escuchó un sonido raro, «on, on, onu». El pequeño gritó a su hermana:

—¡Hay un gato que me quiede comed! ¡Ayú'ame! —y salió corriendo al cuarto de su hermana. Al abrir la puerta, Gálata dijo:

—Junior, shhh. No hagas ruido. No es un gato, es Meteorito.

—¿Quién?

—Baja el volumen. Es Meteorito, el ganso que estaba atrapado.

—Ohh, ¿y po'qué lo tienes aquí?

—Porque papá me dejó cuidarlo hasta que pueda volar con sus amigos.

—¿Y los patos tenen amigos?

—Los gansos, sí, claro. Has visto al Pato Donald, es amigo de Mickey y Daisy. Los gansos igual. ¿Quieres tocarlo?

—No, no, no. Me da su'to.

—Bueno Junior, pero no le puedes decir a mamá.

—¿Po'qué?

—Porque no.

—¿Y Meo'ito no es un gato que me quiede mo'der?

—Claro que no. Ve a tu cuarto y duerme tranquilo —contestó su hermana y le dio un besito en la mejilla.

—No quiedo ir solito. Ven —y Junior tomó la mano de su hermana y la empujó para que ella lo acompañara a su cuarto.

Gálata lo llevó, lo arropó y le dio su osito de peluche.

A la mañana siguiente Gabriel llamó a Gálata y le exigió su merienda.

—Además —dijo con sorna—, hoy vas a la escuela. Mamá se va a dar cuenta de que el pollo está en tu cuarto.

—Ganso —contestó molesta. Sin embargo, había verdad en lo que decía su hermano y le preguntó con preocupación: —¿Y entonces, ¿qué vamos a hacer?

—¿Vamos? Yo no sé tú, yo solo quiero la merienda.

—Ahhh. Tómala de la mesa. —Y le dio un pellizco de rabia que hizo sufrir y reír a Gabriel.

—Ya me voy, hermanita. No vayas a llegar tarde. Y gracias por la comida —lo pronunció con tanta burla que Gálata le tiró la almohada con toda su fuerza.

Meteorito miraba con atención la escena y aunque débil ya sabía de parte de quien estaba y trató de pararse para picotear a Gabriel, quien con rapidez salió del cuarto con destino a la cocina y para llevarse la merienda de su hermana. ¡Era su día de suerte!

Su hermana echó seguro a la puerta muy molesta porque sabía que su hermano tenía razón. Su madre poseía un extraordinario sexto sentido elevado a la potencia. En cuestión de segundos sabría lo de Meteorito. No había remedio, tendría que hacerse la enferma para cuidar al ganso. Si lo llevaba a la escuela ¿dónde iba a esconder a ese grandote? Pesaba casi más que ella. Se armó de valor y fue donde su madre. Las mentiras siempre le salían terribles, hizo el rostro más doloroso que pudo y con raspones en la garganta le susurró a su madre:

—No me siento bien, mamá. No creo que pueda ir a estudiar; me duele el pecho, la garganta, ¡hasta siento picadas en las amígdalas! ¡Ay, qué dolores! —replicó, al tiempo que ponía su mano en la garganta y la cabeza.

—¿Enferma? —contestó dudosa. La señora Tavarez no creía en hijos enfermos, pero sabía que su hija era muy aplicada, así que, tras una examinación minuciosa en la que Gálata contuvo la respiración, la dejó quedarse en casa por ese día.

Cuando todos se fueron, sacó a Meteorito de su cuarto y lo llevó a la sala. Meteorito podía abrir sus alas, pero le costaba caminar. Gálata le puso una venda en la pata, que ensució casi al instante por las ganas de ir al baño. Así que lo sacó al patio y después, intentó de nuevo. Sus patas cortas eran disímiles y caminaba cojo; paraba por momentos, se quedaba como pensando, graznaba y luego estiraba las alas con esfuerzo para intentar volar. Gálata le hizo una sesión de fotos y *selfis*, que compartió con sus amigas y con los grupos de las chicas populares a los que ella soñaba con pertenecer. Sus amigas le dijeron:

> Un ganso??! Qué suerte quedarte en casa.

> Tan lindo. Pero peligroso en casa?

> Tengo que conocerlo. Yaaa!

Por la tarde sus amigas llegaron a su casa y entraron en tropel a conocer a Meteorito, la leyenda.

Una por una lo admiró, y a una por una, Meteorito observó con curiosidad. Pero aún estaba débil, entonces volvía la cabeza a su cama improvisada con hojarasca.

—Miren —señaló la pecosa—, este video dice que hacerle masajes is-qui-o-ti-biii-aa-les con un palo es bueno para la pata de ganso.

—Deja ver —repuso la rubia—. No seas tonta —continuó después de mirar un poco del video—. Esto es para personas que tienen tendinitis pata de ganso, o algo así.

—Ja, ja. Pecas pensó que esto era para los gansos.

—Qué boba —se rieron las otras.

—Si saben tanto, ¿porque no han encontrado algo mejor?

Ya comenzaban a discutir cuando Gálata escuchó que su madre había llegado y las hizo callar.

La señora Tavarez escuchó el griterío y en voz dura le dijo:

—Gal, ¿por qué tanta algarabía? ¿No dijiste que estabas enferma?

—Sí mamá. Son mis amigas que vinieron a verme. Shhh... —las increpó— mamá no sabe que cuido a Meteorito.

—Ah grandes amigas tienes. ¿Quieren algo de comer? —gritó la señora Tavarez desde la sala.

—Nooo, gracias, contestaron al unísono. Muchas gracias, señora Tavarez.

—Gal, es mejor que le digas pronto, aseguró con seriedad la flaca. Se va a enterar tarde o temprano.

—Sí. Es que no sé cómo decírselo. Tengo miedo de que me quiten a Meteorito. Mamá es muy enojona.

Al siguiente día, Gálata quiso hacerse la enferma otra vez, esta vez sin éxito. Su madre le tocó la frente para ver si tenía fiebre, le miró los ojos y sentenció:

—Más sana que todos nosotros. Se arregla y se va. No le estamos pagando un colegio tan caro para que usted se quede aquí de paseo; además se va a atrasar en todas las clases.

Así que, sin más remedio, ella alistó el agua y la comida de Meteorito y se lo encargó a su papá.

Si papá lo cuidó, no se supo. Pero sí se supo que nunca lo sacó al patio, porque cuando la joven llegó, el piso de su cuarto estaba inundado de popis verdoso; olía a burra vieja, un caos al que no estaba preparada.

—¡Meteorito! ¿Qué has hecho? —gritó ella— ¡Qué desastre! ¿Qué voy a hacer ahora?

Gálata estaba cansada, le dolía la espalda de tanto limpiar y el cansancio la venció. Al día siguiente, creó un tapete doble de papel toalla y le alistó agua y comida a Meteorito. Al volver del colegio tuvo miedo de abrir su cuarto. No estaba equivocada: el papel estaba esparcido por todas partes, mezclado con restos de comida y basura. Pero eso no era lo peor. Su almohada estaba destrozada y sus plumas mezcladas con el agua tirada por doquier.

—On, on —graznó Meteorito muy satisfecho.

—Gal, ¿qué es ese ruido? —preguntó su mamá.

—Nada. Estoy, eh, estoy practicando para la clase de español. Tengo que memorizar un poema de animales.

—Ah, qué bueno. Estoy feliz de que vayas a esa escuela, aprendes tanto, mija. ¿Y tuviste exámenes hoy?

—No, mamá. Ni uno.

Gálata oyó que Junior subía las escaleras y no tuvo tiempo de poner el seguro. El pequeño abrió la puerta con toda su energía, se quedó de una pieza

al ver ese desorden y luego agarró la manija soste-
niéndose de la risa que le dio.

—Junior, ¿qué pasa? —preguntó mamá desde la
cocina.

—Ma'... Es el gans—, alcanzó a decir antes de
que su hermano, que pasaba por el corredor, lo levantara por los pies y le tapara la bocota. Junior y
Gabriel entraron al cuarto. Gabriel cerró la puerta
de un portazo.

—Guau, ahora sí que estás emproblemada, hermanita. Si me das tus *buds* nuevos no digo nada.

—Nunca, tonto. ¿Solo piensas en ti?

—Pues sí.

—Pues no, y más bien ayúdame a arreglar esto.
Si mamá me pilla, tal vez quede castigada de por
vida, —y Gálata contuvo las lágrimas para no dar
el gusto a su hermano.

Junior jugaba con las plumas, las echaba en el
aire y saltaba por donde estaba medio limpio. Gabriel le dijo a su hermana que de no darle su *buds*,
no le iba a ayudar en nada, y salió del cuarto después de aproximar su teléfono y tomar una foto de
la cara alterada de su hermana.

Gálata quiso respirar y contar hasta cien, pero, los «On, on, onu» de Meteorito, añadido a las carcajadas de Junior, la hicieron agarrarse la cabeza sin esperanza. Notó, eso sí, que Meteorito estaba mejor, ya que andaba en pasos simétricos, volteaba su cuello de lado a lado y, con un poco de esfuerzo, volaba hasta su cama.

Sin embargo, ya llevaba tres días con ella y, de continuar así número uno: su madre se iba a enterar; y número dos: Meteorito le iba a destruir todo su cuarto. Puso las palmas de las manos en su cara y se armó de valor. Le pidió a Junior que la acompañara a decirle algo a su madre. Tomó a su hermanito de la mano e iba a dar la vuelta para salir del cuarto, cuando la vio allí mismo, en la puerta abierta. El rostro de su madre no escondía enojos: para ella, todo era un huracán.

—Gálata Azucena Tavarez. ¿Qué es esto?

—¡Ay, mamá! —dijo Gabriel, que apareció detrás de su madre.

—Es que nos pusimos a jugar con las almohadas y las rompimos.

Gálata levantó la mirada y lo miró de reojo.

—¿Y esas plumas que tiene Junior?

—So' de un ganso —contestó el pequeño.

—Del ganso de oro —replicó Gálata con una fuerza que no sentía.

—Buena historia. La leí el año pasado —añadió Gabriel.

—¿Gálata? —Preguntó mamá, con los brazos cruzados, las piernas en posición de mando, lista a escuchar.

—¿Mamá...mamá, si te digo me vas a castigar?

—Uhm. ¿Qué ha pasado?

—Pues... es que tengo el ganso —bajó los ojos y prosiguió lo más rápido posible para terminar pronto—. Le supliqué a papá que no lo fuera a cocinar y le prometí que lo cuidaría hasta que estuviera bien, para después dejarlo volar. Pensé que cuidarlo iba a ser fácil.

Mamá escuchó, un «On, on, onu, on», desde debajo de la cama, seguido del ganso, que caminó con alegría hasta llegar cerca a Junior, quien tenía plumas en sus orejas.

—¡Mamá! —gritó el pequeño, al tiempo que corría hacia ella—. Me da mie'o.

—Mamá —dijo Gabriel—, Gal solo quería que el pollo se recuperara para dejarlo libre. Tú sabes cómo es.

—Hija, no debes decirme mentiras, y menos envolver tus hermanos.

—Pero papá sabía…

—¡Su papá, su papá! —dijo la madre exasperada.

—Después hablo con él. Cuidar a un animal salvaje es delicado. Hubiera podido picarte. Ellos son peligrosos y, además, es posible que le hayas hecho mal.

—Pero mi *sister* vio todo en YouTube.

—No diga bobadas. Gálata: póngase guantes, máscara, limpie todo esto y nos vamos al veterinario. Voy a hacer la cita para el ganso.

—Es Met'oito, mamá —dijo Junior, aun con las plumas esta vez en la cabeza.

—Vamos a llevar a Meteorito y como saben, su papá no ha conseguido trabajo, así que ustedes me van a ayudar a pagar la cuenta.

—¿Yo también? —preguntó Gabriel—. No tengo ni trabajo, ni dinero.

—¿Gabriel Pedro? —contestó con su mirada helada.

—Ok —contestó este con resignación.

Cuando el doctor Cordero escuchó la historia, les explicó que en esos casos era mejor llamar al departamento de rescate de fauna silvestre. Sin embargo, después de examinar a Meteorito, felicitó a Gálata porque con sus cuidados el ave ya casi estaba curada. Se sorprendió de que no los hubiera picado, o atacado, ya que son animales recelosos.

—¿Ves, mamá? Yo tengo una mano muy especial.

—Claro, hermanita, tan especial que casi destruyes nuestra casa, nuestro hogar, el lugar en el que nací, crecí. Casi destruyes todo el trabajo de mis amorosos padres, mi mamacita del alma que tanto se ha...

—Gabriel, mi amor, ¿podemos terminar?

—¡Ejem! —hizo el doctor— Si no hay más preguntas, entonces...

—Sí doctor Cordero, y ¿cuándo podrá Meteorito reunirse con los otros gansos? —preguntó Gálata.

—Tendremos que esperar a que venga una bandada y que él esté listo para volar. Por el momento, puede estar aquí mientras se mejora completamente.

—Doctor, ¿y eso es muy caro? —preguntó la madre, preocupada.

—Por fortuna, este año recibimos un aporte significativo para tratar animales silvestres, así que no hay de qué preocuparse.

—¡Uf! —respiraron todos, aliviados.

Gálata visitó a Meteorito cada tarde. Él se le acercaba apenas la veía venir y parecía que los dos hasta se entendían. Un día, sin embargo, le pareció ver a su amigo nostálgico, con el cuello dentro de su cuerpo de plumas. Ella pensó que tal vez estaba enfermo y le preguntó al doctor.

—Creo que Meteorito está listo para encontrarse con los suyos. No he visto otros gansos, aunque estamos en marzo. Ya han de llegar.

Al mediodía siguiente, de la oficina del doctor Cordero llamaron a la señora Tavarez y le dijeron que era urgente que fueran a ver a Meteorito, que tal vez era el día en que se iba. La mamá recogió pronto a los chicos y a Junior del colegio (el padre quería ir, pero ya con trabajo no era posible). En la oficina, el doctor los llevó al patio donde Meteorito paseaba con otro ganso.

—Toda la mañana los ha esperado —informó el doctor—. El ganso llegó temprano, listo para llevarse a Meteorito, pero este no ha hecho sino mirarme, como diciéndome que no se va a ir hasta que no los vea.

—¡Ohhh, Meteorito! —Gálata corrió a abrazar a su amigo— ¡Te voy a extrañar tanto! —y se agarró de su delgado cuello en un abrazo enorme.

—«Onň, onň, onňu» (que en lenguaje de ganso significa, «Yo también amiga, siempre te voy a recordar»).

Junior, con más recelo, se le acercó y Meteorito dejó caer una de sus plumas como recuerdo. A Gabriel se le acercó y le dio un cariñoso picotazo y a la señora Tavarez la miró con admiración.

El otro ganso, al que llamaremos Cometa, picoteó a Meteorito en la panza y le dio un erguido comando de «Oon, Ooon». Al instante aparecieron cientos de gansos en su revista de vuelo. El que iba adelante también emitió unos cuantos graznidos. Cometa empujó a Meteorito y los dos volaron hasta unirse en un conjunto perfecto con la bandada.

Gálata corrió para seguirlos y le vociferaba a Meteorito:

—¡Adiós, mi amigo! Piensa en mí cuando llegues a casa.

—¡Adiós, Meteorito! —dijeron Junior y Gabriel, que habían llegado hasta donde su hermana para acompañarla y permanecieron ahí mientras que la bandada desapareció en el horizonte lejano.

La señora Tavarez vio a sus hijos y pensó en el día en que ellos también tuvieran que volar. Pronto se despidieron del doctor y caminaron en silencio hacia el parqueadero. Ya en el carro, Junior interrumpió el silencio y preguntó con timidez:

—¿Y si ado'tamos un perito? Vamo' a estar triste' sin Met'orito.

—¡Síííí! —gritaron los hermanos al unísono.

—Niños, tengo mejores planes. Gálata a arreglar todo el desorden que tienes en tu cuarto y a desinfectar la casa; Gabriel a ayudar con la limpieza del garaje y sacar todo lo que ya no usan para hacer una venta de garaje el verano; Junior, a leer más y a aprender a escribir con mejor letra.

—Mamá —estamos tristes, no podemos hacer nada hoy.

La mamá, al verlos por el espejo retrovisor, se dio cuenta de que ella también estaba triste. Así que cambió de rumbo y fue a recoger a su esposo al trabajo. Fueron a su restaurante favorito, donde hablaron de Meteorito, de Cometa, de la emigración de las aves. El padre contó de sus aventuras en Francia años atrás y Gálata estuvo feliz de haber cuidado de Meteorito y de no haber dejado que su papá lo convirtiera en ganso asado.

La naturaleza hace bingo

La promesa de que las lluvias de abril traen las flores en mayo se palpaba en los árboles de cerezos en flor que rodeaban el Hospital Santa Irene. Bajo sus ramas, un grupo de jóvenes descansaba tras ser desalojados de la sala de espera. Las enfermeras habían tenido que pedirles silencio, pues su algarabía molestaba a las pacientes. Algunos ya estaban impacientes. Jugaban con los globos que le habían traído a la joven Laura, al tiempo que Teo el mejor amigo de ella, les gritaba:

—¡Dejen esos globos, que nos van a echar! —a regañadientes algunos obedecieron, al tiempo que tramaban el siguiente paso para desaburrirse.

¿Y Laura? Meditaba en el cuarto 221 sobre las razones que la habían llevado al hospital. Los cambios de los últimos meses desfilaban en desorden, pero todos llevaban a un nombre: Paulo Conti.

Lo conoció el primer lunes de clases, en su nueva escuela, después del divorcio de sus padres. Era la primera hora del día, en la clase de inglés. Apenas él cruzó la puerta, Laura sintió una ráfaga de luz en sus ojos. A Paulo, siempre asediado, le gustaron los ojos rasgados y claros de Laura: mezcla de enigma y dulzura. Estaba, además, cansado de ver la misma personalidad en cada una de las chicas que ya conocía desde años y que con el tiempo le parecían desesperadas por conseguirlo.

«Si yo fuera nena, me enamoraría de mí», pensaba convencido, mientras admiraba su musculatura en cada espejo que se le cruzaba.

Días después comenzaron a hablar. Al descubrir cuántas cosas compartían, volverse novios fue solo un paso. Pronto andaban tomados de la mano ante la mirada curiosa de todos en la escuela.

Paulo era el chico perfecto. Al menos, eso pensaba Laura.

Guapo, varonil, atento, siempre con palabras dulces y caricias precisas. Y sin embargo había algo que la inquietaba: su insistencia en «demostrar» su amor. Quería conocerla en todo el sentido de la palabra: en alma, cuerpo y espíritu. Y no dejaba de repetirlo.

A Laura la idea le incomodaba. Sentía que no estaba lista para un compromiso tan grande. Aunque en cada encuentro se derretía como la mantequilla en el fuego, una voz le pedía esperar.

El otro problema era que sus padres eran estrictos. A pesar de que ya no vivían juntos, estaban en el mismo lugar respecto a su educación y la de su hermano menor. Añadido a esto, Laura, como católica, pensaba que era mejor tener relaciones íntimas en el matrimonio, o por lo menos cuando tuviera más años. Cuando Paulo la visitaba, a veces se lo decía. Él la escuchaba, le acariciaba su negra cabellera y luego de unos minutos, volvía a buscarle el oído, a apretarla contra sí, a susurrarle que la amaba tanto que podía probar su amor cuando ella quisiera.

Tan sabrosas eran sus palabras, besos y caricias, que un día, saliendo más temprano del colegio, Laura lo invitó a su casa. En su cuarto cerró la puerta al pasado, al futuro… y se entregó al presente. Pero ese mismo presente le advirtió: «Inventa una excusa y dile que se vaya». Esa frase nunca llegó a sus labios. No hubo fuegos artificiales, ni música ligera, pero algo era diferente. Cuando Paulo se fue de su casa, ella sintió su aroma adherido a sí misma, olía a colonia, sudor, rocío… y algo indefinible, algo nuevo. Algo que olía a hombre.

Los días siguientes, cada vez que se encontraba con Paulo por la tarde, conversaban, hacían tareas y luego, casi por rutina, terminaban en la cama. Una tarde, mientras Paulo ya estaba recostado, esperándola con ese gesto que antes le parecía encantador y ahora comenzaba a molestarla, Laura se detuvo de pie en la puerta.

—Desde que pasó lo nuestro, ya no quieres ir a comer helado, jugar videos, practicar en el parque… ¡Nada!

Paulo levantó la cabeza, fastidiado.

—¿Qué dices? Si eres tú la que babea cuando me ves. No vengas ahora con que no te gusta.

—Bueno, sí, pero…

—¿Pero qué? —la interrumpió.

—También quiero ir a fiestas, ir a pasear, ir de compras con mis amigos…

—Bah. ¿Desde cuándo tus amigos son más importantes que yo?

—Obvio no. Tú eres lo más importante.

—¿Entonces?

—Nada. Pero quiero hacer otras cosas también.

—Ándate. Tus amigotes te van a acompañar a tus prácticas, te van a comprar tus tonterías de chupetes y caramelos. Ve olvidándote de mí —le dijo en voz alta, casi regañona.

—No lo tomes a mal —respondió Laura, asombrada por el cambio en Paulo y le quiso tomar la mano, a lo que él la rechazó. —Me encanta estar contigo, pero… ya te lo dije.

—Eres una tonta y mimada como el resto. —Paulo se incorporó de la cama, se puso su camisa y zapatos, bajó la escalera como un tornado, tomó su mochila.

—Espera, Paulo, bebé. No te pongas así —respondió ella al tiempo que lo seguía por la casa—. No es para que te vayas de esa manera. Tú sabes que yo…

El chico no escuchó y salió de su casa dando un portazo que dejó a Laura helada. Su padre, que acababa de llegar, lo miró desde la entrada.

Laura no esperaba que su padre llegara tan temprano. Apenas cruzó la puerta, ella intentó disimular el temblor que sentía y le dio un beso rápido en la mejilla.

—¿Qué le pasó a Paulo? —preguntó él, justo cuando el chirrido de las llantas del carro cortó el pavimento.

—Nada grave. Le fue mal en inglés —respondió Laura, bajando la mirada.

Su padre la observó con atención. Notó sus manos temblorosas, el gesto tenso en la boca, el celular apretado con fuerza.

—No me gusta que estén solos cuando yo no estoy —dijo, al tiempo que colgaba su abrigo y se dirigía a la cocina.

—No hacemos nada malo. Solo hablamos o vemos Netflix —intentó justificar Laura, sin mucha convicción.

—No importa. Él entra a tu cuarto y hay muchas tentaciones, a tu edad, ni se diga.

—Papi, me tienes que dar confianza. Paulo es una buena persona —continuó Laura, mientras bajaba la pantalla de su teléfono y sorteaba imágenes de desconocidos.

—No me gusta ese muchacho. Cuando yo no esté, que no venga a casa.

—Que no te guste, no quiere decir que sea una mala persona.

—Por algo lo digo. Parece egoísta y vanidoso. No quiero problemas —respondió al tiempo que abría la nevera para sacar la comida del día anterior.

—Solo te preocupas por ti. Yo nunca te he dado líos —contestó Laura con rebeldía—. Siempre me porto bien y la única vez que tengo un novio me tienes que venir a regañar.

—No más discusión. Vayan a la biblioteca o a otro lado. ¿Entendido?

Laura calló. Dio media vuelta, subió a su cuarto y se encerró. Lloró y lo hizo con rabia. Por Paulo, por su padre que no la comprendía, por su madre ausente, por su hermanito que ya casi no veía. Lloró porque nada, absolutamente nada, estaba saliendo como ella soñaba.

Después del altercado con Paulo, sus acciones cambiaron: no la esperaba al salir de la práctica, no la recogía los sábados para entrenar y sus besos eran salados. Laura se decía a sí misma que de saber que él se iba a poner así, habría hecho lo que su novio quería. Se sentía solitaria, cuando miraba Instagram veía sus *gifs* muy contentos con otras chicas. ¿Por qué? Tampoco es que le dijera cosas terribles como para que ahora fuera tan indiferente y no la tratara como su novia.

Además del vacío que le dejaba la distancia con Paulo, Laura empezó a sentirse mal físicamente. Le dolía el estómago y los olores de la cafetería le daban náuseas.

—Guacales, que olor más horrible —decía a menudo.

—¿Qué olor? —preguntaban Teo y Yannis—. El de siempre.

—Debes estar desarrollando el olfato de un sabueso —bromeaba Teo— ahora que dices que tu papá quiere un perro.

—So cute, un perro… pero ese perro caliente huele a basura —contestaba Laura, saliendo disparada al baño, dejando a todos extrañados.

Una mañana, no podía levantarse de su cama y llamó a su padre.

—¿Qué tienes, hija? —preguntó él, entrando al cuarto.

—Papá, no me siento bien. Me duele el estómago, todo me revuelve —susurró, con lágrimas en los ojos—. Yo creo que… tengo cáncer de esófago.

—Amor, qué dices. ¿Por qué crees eso? —el padre se sentó a su lado—. Estás muy estresada con tantos exámenes, más las prácticas diarias, la falta de alimentación. Hoy quédate aquí a descansar y en la tarde vamos al doctor.

—¿Y si es algo peor? ¿Un cáncer en el intestino o una enfermedad terminal?

—No exageres, amor. Será una gripa, el COVID o la comida del colegio.

—¿Tú crees?

—Es algo pasajero. Descansa. Te voy a dejar un caldito y gelatina.

—Gracias, pa... Te adoro.

—Yo a ti, mi nena. A propósito, no te he vuelto a ver con Paulo, ¿todo bien con ese muchacho?

—Sí, papi. Con tantos exámenes no hemos podido vernos, pero sí, todo bien, y mira, que no ha venido a casa.

—¿Y ese muchacho si es dedicado en sus clases? No le veía mucha pasión para estudiar.

—Pues no es tan estudioso, pero es tan inteligente.

—Si tú lo dices… Lo que sí te digo es que es mejor no apresurarse para tener un novio. Ten amigos para salir. Eres una jovencita, y ya habrá tiempo de conocer otros chicos mejores que él.

—¿Qué no te gusta de Paulo?

—Está muy joven, y los hombres somos muy inmaduros, mírame a mí, todavía dando vueltas por la vida sin saber qué hacer.

—Ay, pa, no seas exagerado. Tú todo lo haces bien.

—Gracias por decirlo. Ahora, descansa y te veo esta tarde.

Laura durmió, se despertó con malestar, tomó el caldito, durmió, contestó mensajes de sus amigos, reaccionó con corazones a los locos videos de sus compañeros, se sintió mal, le escribió a Paulo, esperó su respuesta, lo extraño, lo imaginó, recreó tiempos mejores, soñó con él, agrandó las fotos donde estaban juntos, lo contempló, lloró. Así paso el día hasta que su papá llegó para ir al pediatra.

El doctor Niño la examinó y le hizo los exámenes de rigor. La reconfortó cuando le dijo a Laura que lo más probable era acidez en el estómago, nada grave, pero que cuando tuviera los resultados en unos días la llamaría.

Ella y su padre se fueron satisfechos del diagnóstico y pasaron a comer a La Catrina.

Al día siguiente, Laura regresó al colegio con la idea de hablar con Paulo fuera como fuera y definir su situación: ¿eran novios, todavía? Según ella, no había habido una pelea tan fuerte como para terminar su relación. Durante la mañana envió varios mensajes. Le pidió a Teo y sus amigos que le avisaran si lo veían. Al tercer período, uno de sus informantes le confirmó que Paulo no había ido a la escuela ese día.

Al sexto período, quien sí se comunicó fue su padre:

—El doctor llamó. Quiere vernos esta tarde.

Laura entró en pánico. Corrió a contarle a Teo.

—Me quedan pocos meses de vida, Teo. Estoy segura. El doctor no llama así porque sí.

—Ay chica, no seas dramática. Lo más grave que tienes es una bacteria mutante. Y no solo tú, sino todos nosotros. Con la comida que nos dan aquí, es un milagro que estemos vivos.

—No, Teo, te juro que algo anda mal. Que me quiera ver así de pronto.

—Relájate. Si quieres te acompaño. Seguro te va a decir que tienes gases cósmicos o lombrices intergalácticas.

—Me voy en noveno periodo. Reza por mí.

El día fue imposible. Con la ausencia de Paulo y la incertidumbre médica los pensamientos de Laura saltaron entre montes y laberintos. Y para rematar su malestar: ya había vomitado dos veces. Al entrar al baño, las demás chicas le huían como si fuera una plaga. Nada bueno se esperaba de ese día.

Al fin del día, su padre la recogió. No paraba de fumar, señal de que estaba ansioso, preocupado y al borde de un desborde. Laura preguntó inquieta.

—Papi, ¿qué te dijo el doctor?

—Que tenía que leerte los resultados y que había decisiones que ibas a tener que tomar.

Laura tragó un mar de sal en su boca.

—No quiero perder mi pelo, ni dejar la escuela. No quiero morir joven.

—Mija, no pensemos en lo peor. Sea lo que sea, tu madre y yo te vamos a apoyar.

—¿Ella sabe?

—Le dije que tenías malestar, nada más.

—Mejor. Prefiero estar contigo y cuando me anuncien lo peor se lo contaremos los dos. Pá, ¿qué voy a hacer?

—Nena, primero lleguemos, tal vez no es tan grave como creemos.

—Ojalá pá... ojalá.

En el consultorio, Laura entró primero. Estuvo varios minutos adentro. Cuando salió, su rostro estaba pálido y en lágrimas. Caminaba despacio, y encorvada.

El padre se levantó de golpe:

—¿Qué pasa doctor? ¿Qué tiene mi hija?

—Señor Padilla —respondió el médico con altivez—, necesito el consentimiento de Laura para compartirle el diagnóstico.

—¡Soy su padre!

—Lo sé, pero la confidencialidad de la paciente me lo impide.

—¡Al diablo con secretos de mi propia hija! —el padre se giró hacia su hija— ¿Qué pasa aquí? Laura, dime que tienes. Lo que sea lo enfrentaremos.

Ella apenas pudo asentir con la cabeza.

—Doctor, ¿puede dejarnos solos, por favor?

El médico salió con el rostro arrugado.

Laura temblorosa y con frío en las manos se acercó a su padre.

—Pá, no sé cómo decirte. Me da mucha pena —Laura hizo una gran pausa—. Pá, es que… es que… no sé cómo decirte.

Él la miró sin entender.

—Papi…estoy embarazada.

Un silencio ahogó la sala.

—¿Qué…? ¿Embarazada? ¿Fue ese idiota del Paulo? ¡Lo voy a matar, me va a oír!

El hombre gritó con tal furia que el doctor y uno de sus asistentes fueron a ver lo que pasaba.

—¡Es que lo mato! ¡Infeliz! ¡Desgraciado!

—Papi —suplicó Laura—, no hagas tanto ruido.

—Ay, mija, ¿cómo me vienes a salir con esto ahora? —siguió el padre dando puños a la pared, sin escuchar a la muchacha.

—Papi, me estás haciendo sentir peor.

—Señor Padilla, está usted demasiado alterado. Cálmese o de lo contrario tendremos que llamar a la policía. Hay otros pacientes aquí.

—¿Es verdad lo que dice Laura?

El doctor miró a Laura pidiéndole permiso, y esta se lo dio.

—Sí, señor Padilla, tiene seis semanas de embarazo.

El padre bajó la cabeza. No dijo nada. Salió del consultorio en silencio, sintiéndose juzgado por la secretaria que lo observaba desde su escritorio como una momia egipcia.

En el auto, el silencio ardía. Laura apenas se atrevió a hablar.

—Perdóneme, papi. Yo... yo nunca pensé que esto me pudiera ocurrir.

El padre apretó el volante con fuerza.

—Ay, Laura ¿dónde tenías la cabeza? Tanto esfuerzo para darte la mejor educación, clases aquí y allá... y salirme con esto. Te voy a mandar con tu mamá.

—Esto no es por ti, papá. No tiene nada que ver con mi educación, ni clases, ni contigo. Esto es mío.

—Mire, Laura Minerva, cállese y piense lo que va a hacer. Su mamá me va a culpar. Me dirá que no la cuidé, que la dejé hacer lo que quisiera —la voz se le quebró.

No hubo más palabras. En casa Laura se refugió en su cuarto. Revisó su teléfono y cuando vio los mensajes de Teo, ella puso el emoji del dedito para abajo. Luego se abrazó al osito que la acompañaba desde niña y lloró hasta quedarse dormida.

Más tarde, al despertarse con la garganta arenosa, bajó a buscar agua. Su padre estaba dormido en el sofá, aun con su traje de trabajo. Ella caminó en puntitas, pero este, como si adivinara que ella estaba ahí, abrió los ojos y se levantó.

—Papi… —susurró Laura.

—Mañana hablaremos de esto con tu mami.

—Pa, pero deja que te explique.

—Hoy no. Descansa. —Se levantó lentamente, caminó por el pasillo y cerró la puerta de su cuarto.

Laura lo vio alejarse con una tristeza nueva sobre sus hombros. Nunca lo había visto derrotado.

Al día siguiente, el padre de Laura le dijo que fuera a estudiar, que hablarían por la tarde sobre la situación. Todo el día en la escuela Laura estuvo buscando información sobre el embarazo adolescente: las opciones que tenía, cómo cambiaría su cuerpo, la probabilidad de que Paulo asumiera su responsabilidad, el porcentaje de parejas que continuaban juntas, las que se separaban, los mitos, las realidades de traer un nuevo ser al mundo. En vano intentó hablar con Paulo, siempre rodeado de amigos y, cuando lo veía solo, la evadía. La miraba como si ella fuera humo entre oscuras montañas.

Teo, en cambio, sí la buscó. Al encontrarla en el cambio de clases, le preguntó:

—Laura, madre mía, te he buscado hasta en el túnel. ¿Dónde has estado? ¿Qué te pasó? Tienes cara de momia.

—Teo, amigo. Tengo algo terrible —dijo, tras una larga pausa.

—¿Tienes malestar de gota?

—No.

—¿Eres sonámbula?

—No.

— ¿Sufres de hipercolesterolemia?

—No. ¿Qué es eso?

—Ni idea. ¿Tienes dolores en el lumbago? Toma Lumbagadil, la medicina que todo lo cura.

—No seas tonto, Teo. Esto es serio.

—Entonces dime. No podemos pasarnos toda la vida jugando a adivinar. Dios te dio lengua, úsala.

—Teo, lo que pasa es… que… —y le susurro en el oído.

—No bromees. ¿Que estás qué?

—Lo que oíste, Teo.

Y como Laura conocía a su amigo bastante bien, alcanzó a taparle la bocota y hacerle prometer que iba a guardarle su secreto.

—Chica, pero de todo el mundo lo pensé, menos de ti. Mira con esa carita de mansa paloma, de mosca muerta, de la que no parte un plato.

—Teo, gracias por el ánimo. Si este bebé se salva será por ti.

—Muchacha, qué estás diciendo. ¿Piensas no tener al bebé?

—El pediatra me dice que soy muy joven, que hay opciones, algunas baratas y hasta gratis.

—Mi madre, ¿y tú qué piensas? ¿Ya lo sabe el bobarrón ese?

—No. Hace días que ni me habla.

—¿Pelearon?

—Sí, por tonterías, pero nunca pensé que se fuera a poner tan frío y a dejar de hablarme.

—Ay, ¿y tu viejo?

—Está tan enojado que me habla solo lo necesario. Esta tarde me voy a reunir con mis padres. Espero que el nuevo novio de mami no venga.

—¿No te cae bien?

—Me cae como una patada en el estómago. Es que mamá lo pone primero que a nosotros. A mi hermanito no le importa mucho porque es el entrenador de fútbol y lo pone a jugar.

—Amiga, mira, hazte la loca, ahí viene el Paulo.

Laura miró con disimulo y, en efecto, su novio (si se le podía llamar así) se les acercó.

—Mi amor, ¿cómo estás, preciosa?

—¿Y ese saludo? Hace tanto que no te escuchaba.

—Ah no. Pensé que me ibas a recibir con alegría.

—Sí, soy tan feliz de verte —respondió con sarcasmo.

—Si no me quieres ver, me voy.

—Espera, largaruto —dijo Teo, mirándolo de mala gana—. Y otra cosa: si le haces daño, te la vas a tener que ver conmigo. Será muy boba por estar enamorada de ti, pero está acompañada por nosotros. ¿Entendiste?

—¿Qué? A ver, ¿qué tienes, pedazo de llorona? —respondió Paulo; iba a darle una trompada a Teo, cuando vieron que los guardias de seguridad venían.

—Te salvaste, pero estás advertido —dijo, tomando su mochila—. Laura, estoy pendiente de ti. Le dio un besito en la mejilla, hizo una señal con el puño de amenaza a Paulo y se alejó hacia la cafetería.

—Y a ese imbécil, ¿qué le pasó?

—No es nada. Me imagino que estaba enojado porque le conté que no nos habíamos hablado.

Paulo le hizo una señal grosera a Teo y murmuró unas cuantas palabritas.

—Paulo, discúlpalo... —Iba a contarle su noticia, pero algo la detuvo y permaneció un rato mirando el vacío al tiempo que Paulo esperaba que hablara.

—Eres rara. No sé cómo acepté ser tu novio con tantas nenas que se mueren por mí —dijo, dejando a Laura con un dolor tan grande como un ojo sin párpado.

Laura, su padre, su madre y el novio de esta se encontraron en La tumba de los secretos, el café de moda. No había mucha gente a esa hora y por lo menos el aroma era dulce y alegre. Parecía un lugar perfecto para dar buenas noticias, conversar con los amigos o trabajar en el computador.

Cuando la mamá de Laura la vio, le dio un abrazo:

—¿Cómo has estado, mi niña? Muéstrame tu cara, te ves muy pálida. Espero que todo esté bien en el colegio.

La soltó y se volvió a saludar a su exesposo de manera formal, como si este fuera el cobrador de impuestos. Detrás de ella venía su novio, Miguel, un hombre de aspecto juvenil, alto, de unos 35 años y fornido, que parecía estar más interesado en las tortas y galletas que en la reunión. El papá de Laura, sin esconder su desagrado, al ver al nuevo acompañante de su exesposa murmuró con enojo:

—¿Tenía que estar él hoy aquí? Te dije que era un asunto familiar.

—Claro que sí. Miguel es ahora mi familia y tiene que saber lo que me pasa a mí —respondió la madre con ojos de tigresa al tiempo que se sentaba en la mesa con Miguel.

—Ma, es algo delicado —respondió la joven con voz apenada.

—Si no quieren que Miguel esté, entonces nos vemos otro día, o mejor me escribes lo que está pasando, Laura, —e hizo el gesto de levantarse de la mesa.

—Mami —respondió Laura, —si es tan importante que él esté contigo, entonces lo diré rápido.

—Espera, hija —intervino el padre —, ¿no prefieres esperar un poco?

—¿Que voy a esperar? En fin, lo que te quiero decir es que… —Laura bajo la mirada y comenzó a llorar. —El padre le tomó la mano y trató de completar la frase.

—Lo que pasa es que la niña está…

—Está qué, díganme rápido. Me estoy poniendo nerviosa.

—Pues que la niña atraviesa una situación delicada.

—¡Qué diablos! ¡Va a perder el año! —gritó mamá—. Yo sabía que era mala idea que se quedara contigo, Marcos. Ella te manipula y tú siempre le perdonas todo.

—Aquí en este país nadie pierde el año, Blanca. Deja, que la niña está muy angustiada.

—¡¿Angustiada de qué?!

—Mamá, mamá... estoy embarazada. Perdóname. Fue mi culpa.

Con el secreto expuesto llegó un silencio opaco que llenó las mentes de aquella mesa. Después de uno segundos, la madre estalló:

—¡Es culpa de tu papá! ¡Irresponsable, alcahuete! —la madre se levantó del asiento y con su cartera golpeó a su exesposo mientras continuaba: —Seguro que dejaste que Laura entrara a casa a cuanto pelón quería. ¡Imprudente, mal padre!

Entre peleas de un lado y el otro, Laura seguía con más lágrimas; Miguel se entretenía con el postre de limón que le habían comprado, y sus padres no sabían dónde resguardar los rencores aflorados por la noticia. Como las señoras del café oían tan atentas, la madre se detuvo para tomar aire.

—Un embarazo, un bebé, es una responsabilidad de por vida. ¿En qué pensabas, niña? ¿Sabes quién es el padre? ¿Vas a tenerlo? ¿Piensas darlo en adopción?

—Hoy en día, muchas personas pagan para que les des el niño; podrías tener mucho dinero —interrumpió Miguel, aun con boronas en la boca—. O muchos sitios te lo sacan y ya, todo arreglado.

—No creo que sea tu lugar para hablar —intervino el papá.

—Solo decía —pero, como esta vez hasta su novia lo miró con enojo, mejor se dedicó a su pastel.

—Papá, mamá. ¡Qué vergüenza!

—Hija, ya es muy tarde para echarte culpas —respondió el padre—, aunque debiste pensarlo mejor. ¿Ya lo sabe tu noviecito?

Por la mirada supieron que no.

Por supuesto que ninguno de los padres tenía idea de quienes eran los padres de Paulo. Pensaron si era necesario enterarlo o ser discretos y manejar todo ellos. Sin embargo, un bebé nacía de dos, así que decidieron que el muchacho debía saberlo, al igual que sus padres. La madre dio su veredicto: esto te va a cambiar la vida para siempre. Y te advierto que no me voy a hacer responsable de tu bebé. Te ayudaré en lo que pueda, ahora bien, la tarea de ser mamá será tuya.

—¡Ay, mami! ¡Qué pesadilla!

—Tranquila, hija —contestó el padre, secándole las lágrimas—, te vamos a ayudar, pero mamá tiene razón: debes ser responsable del bebé.

—Puede no tenerlo —añadió Miguel—. Tu cuerpo, tu decisión —dijo, como el eslogan.

Esta vez, el papá tuvo que morderse la lengua y aguantarse para no darle unos puñetazos. Lo importante era su hija y, fuera como fuera, sabía que Laura iba a salir adelante.

Días después, los padres de Paulo invitaron a cenar a Laura y sus padres. Una vez en la mesa, él se sentó lo más lejos de ella, y no la miró ni una vez. Ya con la comida servida, el padre de Paulo le preguntó:

—Bien, bien, ¿Qué tenemos aquí, Paulo?

Paulo no quería levantar la cabeza; estaba fija en el celular. Cuando por fin se animó a hablar, solo dijo:

—No sé.

—¿No sabes? —dijo el padre con enojo.

—Laura... Nunca imaginé que esto podría pasar.

—Laura —preguntó la madre de Paulo—, ¿ya sabes lo que vas a hacer?

—Sí, señora Conti. Voy a tener al bebé.

—No tienes que pagar por un error el resto de tu vida —aseveró la señora Conti, sin juzgarla.

—Lo sé —contestó.

—No es fácil como te imaginas. Un bebé es un gasto enorme, añadido a los cientos de noches en

vela, los dolores y los sufrimientos que vas a tener.
¿Y el colegio?

—Nosotros vamos a ayudarla en lo que poda-
mos —interrumpió el padre, al tiempo que trataba
de ser lo más cortés que podía.

Los padres de Laura querían saber en qué te-
rreno se encontraba Paulo, así que iban a preguntar
cuando el padre del joven le preguntó:

—Paulo, ¿cómo piensas responder a esta situación? También es tu responsabilidad —y ya con
enojo, al ver que su hijo solo prestaba atención a su
celular, gritó—: ¡Pon atención, carajo! Estás enre-
dado en todo esto y no razonas. ¿Cómo vas a mantener al bebé?

—¿Yo? Pensé que ustedes me aumentarían la
mensualidad para darle a ella —contestó con incre-
dulidad de ser molestado—. Es lo único que se me
ocurre.

—No, Paulo —contestó su padre con una mirada severa—. Tendrás que trabajar e ir a una universidad cercana, para que acompañes a Laura y
veas crecer a tu hijo.

—Ah, por Dios —respondió con el primer signo de angustia—. Soy muy joven para un compromiso tan grande. Ella se las tendrá que defender como pueda.

—Cobarde —apuntó el padre de Laura—. Si eras tan joven para esta responsabilidad, ¿por qué te metiste a tener relaciones con mi hija?

Paulo iba a decir «por bruto», pero no dijo nada. Se levantó de la mesa sin escuchar a nadie y se fue de la casa dando un portazo. *Estoy alucinando. Este no soy yo, es otro que cayó en la trampa de Laura, la odio, la desprecio, no la quiero ver nunca más en mi vida.*

Todo lo que sentía y decía Paulo podía ser verdad, lo cual no lo eximía de sus decisiones… Tampoco a Laura. Nada sería como antes. La niñez y la adolescencia, de la noche a la mañana, en el pasado; una época cruzada antes de vivirla.

Cuando Laura sintió los dolores de parto, su papá, su mamá y la señora Conti la llevaron al Hospital Santa Irene. En el cuarto, escuchó los regaños de las enfermeras a Teo y a sus amigos por el relajo que hacían y cuando los sacaban del pabellón de maternidad. A pesar de sentirse a punto de morir, movió su cabeza en gesto de cariño por sus amigos y por los que la acompañaban.

Tuvo después un dolor más grande y, al gritar, vinieron las enfermeras y el doctor. La criatura, cómoda en el vientre, se demoró en salir. Cuando por fin hizo su entrada al mundo, su carita arrugada y grito a la vida, el doctor se lo puso en el pecho a Laura, antes de cortarle el cordón umbilical, y le aconsejó: Abrace a su bebé, dígale que lo quiere y converse con él antes de cortar.

Laura, débil, sudorosa y con el cuerpo temblando le habló pasito al nene, le dio la bienvenida al mundo y lloró de nervios y alegría. El doctor bañó al bebé, las enfermeras le pusieron el traje amarillo que había llevado su madre, y quedó como el más guapo del mundo.

Al fin dejaron entrar a Teo y los amigos que llegaron cargados con una exagerada cantidad de globos y risas contagiosas. Excepto Paulo, que apenas apareció, todos celebraron el nacimiento y dieron su opinión acerca del nombre que debía poner al bebé. Teo le aseguró que "Teófilo" era el mejor para el nene, al tiempo que el recién nacido era mimado y consentido por las abuelas y amigas de su escuela.

Muchos nombres vinieron a colación, pero el que nunca relució fue el nombre de quien se había vuelto el innombrable.

Las culpas afloran sin saber

Antes de abrir la puerta del gimnasio, Madison sintió pena. No remordimiento. Durante años había refinado sus culpas con una mezcla de sales y dureza. Pero ahora, con su toga, el birrete y frente a sus compañeros de promoción, sabía que no podía evadirlo más: había atormentado a muchos de ellos. ¿Había peores que ella? Sí. No obstante, sus ofensas le pertenecían y se albergaban invisibles, con el potencial de ser mortíferas como el monóxido de carbono.

Fue entonces cuando una chispa en sus ojos verdes delató la idea de disculparse con aquellos que había herido. Surgió como la sorpresa de un mensaje en una botella. ¿Buena idea? No estaba segura. Solo sabía que tenía una misión en su graduación.

¿A cuántas personas he herido? A muchas, creo. Pero ahora solo me acuerdo de cinco. Cinco, a ver, pues cinco no es un número infinito. No compite con las estrellas,

sin embargo, no tan opaco como para que no emita fue-
gos fatuos.

Permaneció unos segundos frente a la puerta del gimnasio hasta entrar. Buscó a Mike, su amigo del alma. Sus compañeros de clase llenaban el espacio con la algarabía del triunfo. Las chicas llevaban togas, zapatos y birrete blanco, mientras que los muchachos iban de azul oscuro. Algunos estudiantes portaban largos cordones de honor de diferentes colores en sus togas que señalaban sus logros académicos. Ella llevaba solo uno, por deportes. Los mejores alumnos colgaban hasta seis con orgullo.

Madison caminó entre compañeros y profesores. Las mangas de seda de su toga le aireaban los brazos y le dio cierto nerviosismo. Miró por un lado y otro y al no ver a Mike se desanimó. Al que divisó fue a David Davidson, justo en el centro del gimnasio, rodeado de amigos. Se había burlado muchas veces de él por su torpeza, su tartamudez, por ser... diferente. Ahora lo veía reír, hablando con sus amigos tan entretenido que le resultó difícil acercársele. Lo merodeó y rodeó varias veces, repasando en su cabeza lo que iba a decirle. Algo así como: «David, discúlpame por haber sido mala, fui una tonta» o algo menos comprometedor, «David, hermano, lo lograste».

Las palabras se le atoraron.

Se disolvieron en la punta de los labios.

Nada salió. Ni el chicle. *Nothing. Rien de rien.*

Cero monosílabos, incluso cuando David le rozó la toga y ella tuvo la oportunidad de actuar.

Pero David no notó su presencia.

Estaba tan llevado por sus amigos que Madison se sorprendió al verlo así. Parecía otra persona: más alto, más seguro, con una barba densa en el rostro moreno, y unas manos largas que le salían de su túnica, cual corista de góspel. En un momento, David volteó su rostro hacia donde estaba Madison, pero sus ojos la atravesaron como si fuera sombra.

Al voltearse, vio a Teresa Rúa que llegó corriendo a tomarse fotos con David y otros grupos de compañeros.

¡Que extraño! No tenía la menor idea de que se conocieran. Teresa nunca ha sido mi persona favorita, y ahora que lo recuerdo, cuando era pequeña le amarraba su maleta alrededor del pupitre o le ponía basura en esta. Cuando se iba a levantar, casi que salía con el pupitre a cuestas para no llegar tarde a su clase. Ella, jorobada con ese peso extra me miraba con una sonrisa

tímida, con miedo, sí, miedo de mí. Y a pesar de esto
sus gafas la traicionaban y entreveía enojo. Nunca me
gritó. Nunca me dijo nada. ¿Dónde están los dos seres
timoratos que molesté? Pensándolo mejor ellos tendrían
que disculparse conmigo por ser tan flojos y no enfren-
tarse conmigo.

Teresa, seguía allí tomándose selfis, encantada del evento. Cuando Madison quiso hablar con David y Teresa, ya se habían esfumado. *Abandona esta idea tonta de disculparte. ¿A quién le importa? No volveré a ver a la mayoría de estos chicos.* Atravesó el gimnasio con sus ojos para encontrar a Mike. Desaparecido. Por milésima vez le texteó. Nada. Un fantasma.

Estiró su pescuezo y divisó a Marisol, la chica hispana de la que se había burlado por creerla atontada. En esa época Madison pensaba que los inmigrantes eran bobos porque, con tantas clases de inglés y lana invertida, no aprendían a hablar rápido y, peor aún, no se integraban a la sociedad. Pero ahora, ver a Marisol —ya una mujerota, que no solo hablaba inglés, sino que lo gritaba e insultaba al que se le metiera en el medio— la asombraba. Se había convertido en una guerrera y tanto los estudiantes americanos como los latinos le huían por esa furia que cargaba. *Tendría que disculparme con ella también. Le hice su bienvenida a este pueblo una pesadilla con mis miradas, actos y burlas. No…Me arrepiento. El problema es que, si le digo algo, lo más probable es que me reciba con un manotazo, así que prefiero no tener moretones hoy.*

Estos pensamientos la ocupaban cuando escuchó anunciar a los maestros:

—Empiecen a alinearse. ¡Organícense! —gritaban los maestros, agitando sus túnicas negras, parecidas a las de Harry Potter.

—Madison —le dijo uno—, comienza a organizar tu fila. Tú estás en la línea cuatro y eres la primera que va.

—¿Yo? —Ok.

El «ok» no quería decir que lo iba a hacer; indicaba que cuando quisiera lo haría. Como no tenía ganas, comenzó a caminar por el resto del gimnasio. De pronto sintió que alguien le halaba su gorro y se lo torcía.

—¡Oh, bestia! —vociferó, a la vez que se volteó, lista para dar un golpe al que la estuviera molestando.

—Ja, ja. Cálmate, cálmate, Maddy.

Era Mike.

—Me asustaste y me dañaste mi gorro, idiota.

—Ah, boba. Así te quedó mejor. Ven acá —dijo Mike y le tomó la cabeza para torcerle aún más su birrete.

—Mike, mejor vete de aquí —y le pegó unos puños en su brazo.

—Vamos, alguien está de un geniecito… Aguántate una broma.

—No ando para eso —contestó Madison con cara de enojo.

—¿Qué pasó?

—Nada, *bro*. Estoy aburrida. Haría más en mi cama que con toda esta gente.

—Eso sí, Madisela. Pero ya vinimos, así que deja la mala leche. Cuando acabe nos vamos a casa de Tumbe; ella ya tiene los tragos.

—Ese es el problema.

—¿Los tragos?

—No. Que esto se va a acabar pronto —dijo Madison con preocupación.

—Me acabas de decir que no querías estar aquí. ¿Entonces, cuál de las dos?

—Pues las dos. Es que... ¿qué tal si yo hice mal, muy mal con todos ellos? —y señaló a los compañeros que andaban animados en sus grupos o miraban sus teléfonos.

—¿A ellos? ¿Mal?

—Sí, como burlarme de ellos, ser *bully*... Tú me entiendes.

—Madison, ¿tú? Pero si eres una angelita... dormida.

—Me conoces.

—Puedes ser sarcástica; a veces echas más indirectas que una soda cáustica.

—Y soy fregona.

—Y agresiva.

—Oye, este es el momento en que me dices: «No, eres una gran persona, Maddy».

—Bueno Maddy: eres malhumorada, terca... pero también honesta, leal, generosa.

—Pero me gusta burlarme de otros y siento satisfacción cuando hiero a la gente.

—Maddy, no sabotees tu día. Hoy pensemos en todo lo divertido que hemos hecho.

—No hay nada digno de mencionar.

—Madilena, fuimos al Parque Adrenalitis, hemos pasado las rumbas hasta la madrugada, las escapadas a los bares, los campeonatos de bolos, gritar en los partidos de fútbol americano hasta que se nos acaba la voz.

—No. No me acuerdo de nada de eso. Solo sé que he sido mala y que no puedo decírselo a quienes herí.

—¿Por qué no?

—Porque ellos no se acuerdan de mí y, si se los recuerdo, tal vez me peguen o, peor, me ignoren.

—Pues empieza conmigo. Yo no te voy a golpear. Pídeme disculpas por no dejarme copiar en los exámenes importantes, por no incluirme en proyectos, por haberme quitado el asiento en el tercer grado y hacerme caer mientras los chicos se reían de mí.

—¿Yo? Yo no hice eso. O tal vez sí, pero no a ti.

—Seguro que sí, y además me pegabas chicle en mis cuadernos.

—Vale, no digas. Yo creo que fue al revés: me tiraste el pelo cada vez que me peinaba con mi cola de caballo y me decías «La colis», «la pony», mientras fingías tener las riendas de mi pelo y me dabas empujones por la cafetería.

—No fue para tanto.

—Mike, me siento mal, de todas formas.

—Te propongo algo: mañana escribes una carta de perdón a todos los que volviste locos, incluidos Ms. Hepburn, Mr. Donovan, Roger el de seguridad, y a las profes que les hicimos la página falsa en las redes…

—¿Oye, yo hice todo eso? ¿Y escribo la carta y la mando?

—Claro que no, tonta. La escribes, me la lees, si quieres, luego la quemas y ya.

—¿Y después, qué?

—Después…

—Mira —interrumpió Madison al ver que los compañeros se formaban para el desfile—, ya vamos a salir y mi gorro sigue torcido. Pónmelo —le pidió, entregándole los ganchos.

Mike se lo arregló como pudo. En ese momento el señor Donovan, un hombre corpulento al que nadie prestaba atención, anunció con su megáfono:

—¡Saliendo! ¡Rápido! Entren a sus filas. Recuerden pararse en orden alfabético. Entreguen las tarjetas con su nombre al director de grupo. ¡Muévanse! El que no esté listo, se queda sin diploma.

¡Apúrense, flojos! Ay, Dios mío, toca rogarles para todo.

Los graduandos, nerviosos de que ahora sí era en serio la tan esperada graduación, tomaron sus lugares y, de línea en línea, bajo la marcha *Pompa y circunstancia*, caminaron por el pasillo hacia el teatro y se sentaron en el escenario. Los aplausos no se hicieron esperar y los chicos se miraron con complicidad.

Atrás quedaban los años de peleas en la cafetería, la copialina, las burlas crueles, los brownies mordidos a pedazos, las llamadas a los padres por las groserías de sus retoños, las medallas otorgadas por participar en los más inocuos concursos. Con un diploma —unos con honores, otros raspados— se declaraba que estaban listos para enfrentar el mundo.

Madison contó los minutos. Ya quería quitarse esa toga y celebrar con sus amigos.

Después de todas las formalidades llegó el momento final. La directora les pidió que se levantaran y que cambiaran la borla del birrete de derecha a izquierda. Ahí, Madison, Mike y toda la clase se apoderó de un rayo de nerviosismo. La directora dio la señal. Madison y sus compañeros cambiaron la borla, al mismo tiempo que gritaban de alegría. Sin esperar, lanzaron sus birretes al aire y por una milésima de segundo el organismo de estudiantes vivió el éxtasis de celebrar por el anhelado futuro.

Los ojos de Madison se encontraron con los de Mike, quien le mandó un beso en el aire y el signo roquero de la victoria, con lengua y todo. Ella aprobó con una carcajada.

Al terminar la ceremonia, los estudiantes desfilaron hacia el patio y allí se encontró con David, diploma en sus manos y sonrisa nueva. Ella le dijo, sin adornos:

—Dave, Felicitaciones.

David le repitió lo mismo sin grandes ceremonias. *Qué extraño, algo tan fácil de expresar y no lo podía decir.*

En la confusión de estudiantes, profesores, padres, amigos, invitados, globos, togas y orgullosos diplomas, Madison caminó hasta encontrarse con los suyos. Ellos sabían que no había sido un ángel. Aun así, la felicitaron y le regalaron una delicada pulsera de ópalo, especial para chicas de corazones complicados.

El trabajo de ser inmigrante

Por fin el año escolar era recuerdo del pasado y las vacaciones largas comenzaban. Esto significaba:

- 🌊 Días de playa
- 🌊 Parrilladas y sandía
- 🌊 Sol, solecito
- 🌊 Viajes al Caribe
- 🌊 Bronceador y quemaduras de la arena
- 😨 Días de tedio para chicas como Nelly, que nunca se habían dado el gusto de irse de vacaciones a ninguna parte. Razón por la cual Nelly no hablaba de su vida personal ni de su familia. No quería que la gente se enterara de la economía de su casa que, a diferencia de la mayoría de sus compañeras, era de calculada frugalidad. Por decir, Nelly comparaba los precios que salían en los boletines de los supermercados cada semana e informaba a su madre de las promociones o lo que tendría que

esperar otras semanas. Por otro lado, su madre ansiaba el día que se inventaran la pastillita que reemplazara la comida y ¡zas! se acabaría eso de alimentar la barriga tantas veces al día. Y no era que la señora Justina Martínez fuera tacaña. Era que aparte de los gastos de ella y su hija mantenía a su familia en Guatemala.

Por fortuna, con ayuda de las monjas de San José habían logrado emigrar a Nueva York. Nelly tenía una beca de estudio y la madre podía trabajar. Vivían en un cuarto que hacía parte de un apartamento que compartían con otras familias de inmigrantes. En esta nueva ciudad Nelly no encajaba, se sentía como extraterrestre en un lugar donde todo la tomaba por sorpresa y golpeaba sin aviso. Más que nada le atemorizaba que las chicas de su clase se dieran cuenta de su realidad: una inmigrante recién llegada, atiborrada de esperanzas de su familia y que la perseguían hasta en los sueños más profundos.

Con el tiempo hizo un grupo de amigas, un poco bohemias, un tanto nerd, que agotaban la mayoría del tiempo en bromas y conversaciones en la cafetería. Al fin del primer año su amiga Miranda la invitó a ella y a sus amigas a un club donde había piscinas a doquier y en donde podían probar bandejas de panes, croissants de pollo, sin pollo o con chocolate. Se presentaban platos con ensaladas de bayas, dátiles, pastelitos de macaron, crepes de zarzamora, tres clases de jamones, diez de quesos y ni que decir de las carnes: para alimentar por un año a todo un pueblo.

En otra ocasión, sus amigas la invitaron a la playa, una de ellas las llevó en el bote de su padre y navegaron por el Atlántico cual sirenas de las Américas. *Guau, cómo es posible que mis amigas tengan esto y en mi familia seamos tan pobres que solo paseemos en un barquito de papel.*

Estos lujos a los que la vida la guiaba la hacían sentir más triste y descorazonada con cada noche que pasaba. En el día se rodeaba de un mundo de comodidades, y la realidad la saludaba en la oscuridad de su habitación, y en la que vivirían sus hermanos y papá cuando llegaran. En ese cuartico tenían cocina (un reverbero y una olla de arroz eléctrica), la salita (una silla color mostaza que alguien había abandonado), la oficina (el ordenador portátil que el colegio le había dado y una mesita de noche), closet de ropa (los cajones que guardaban debajo de la cama). El baño, que estaba en el pasillo, lo compartían con los otros inquilinos. De las casas en las que vivían sus amigas se harían quinientos cuartos del suyo.

A veces soñaba que su padre manejaba un yate, al tiempo que su madre tomaba una margarita y sus hermanos saltaban de emoción al ver los delfines en las aguas caribeñas. La despertaba en la mañana la voz de su mamá que contaba el dinero para pagar las deudas y que siempre le advertía:

«Estos gringos son brutos, botan todo y no saben el esfuerzo, lo que cuesta conseguir algo en nuestros países. Nelly, vos no te volvás como ellos, guardá porque nunca se sabe cuándo podés necesitar.»

«Sí, mami», contestaba, resignada a nunca ver a su familia en un bote y mucho menos con una piña colada en sus manos.

Su amiga Ava le preguntó un día cuándo iban a conocer su casa. Era la única que no habían visitado. Nelly les dijo que estaba en construcción y que se demoraría un largo tiempo. Las chicas le dijeron que todavía les faltaban dos años para graduarse y que esperaban que llegara el día para conocerla.

Nadie dijo nada más, pero Nelly no pudo dejar de pensar en ello. En la pieza una tarde le preguntó a su mamá:

—Mami, ¿cuándo iremos a vivir en otro lugar grande y bonito?

—Quién sabe. Lo que gano apenas me alcanza. Sabés que nuestros gastos son muchos, más lo que envío a casa…

—Yo puedo trabajar y ayudarla. No es justo que usted haga todo. Además, papá o la abue deberían buscarse un trabajo.

—Nelly, ¿vos creés que es muy fácil? —respondió la madre a la defensiva—. Su papá después de la paliza que le pegaron…, sus hermanitos apenas van a la escuela y ¿quién le da trabajo a la abue? A los viejitos se les cuida.

—Mami, pero es que uste' no puede ser la única que trabaja y trabaja y el resto… mantenidos —siguió Nelly con impaciencia.

—Mirá, —contestó la madre, ya enojada—, no te volvás como estos americanos que botan a sus viejos al ancianato. No tienen madre. Su abue me dio la vida, ¿creés que voy a abandonarla?

—Mami…

—Uste' está muy gringa, esas malas compañías y esos programas que ve solo en inglés le están lavando el cerebro. ¿Vos creés que porque ya te desenvolvés y parecés gringa ellos te van a apreciar? Olvidate. La familia, la sangre es lo único que va a estar siempre, en las buenas y las malas.

—No digo que no, *mom*.

—¿«Mom»? ¿Qué es eso? —mamá enfatizó las sílabas y continuó—. Y me hablas en español, haceme el favor.

—Es uste' tan difícil, mami. Es que digo que no es justo...

—Lo que pensés no tiene importancia. Es mi destino. Yo me casé con su papá y debo ayudarle hasta que la muerte nos separe. Además, ya pronto va a venir, apenas le salgan los papeles. Según el abogado, es cuestión de meses —terminó en tono optimista, y en sus ojos asomó un dejo de alegría.

—¿Y para qué? Va a ser una carga para nosotras. Aquí todo es muy caro —iba a continuar, cuando su madre le levantó la mano y Nelly tuvo que hacer una maniobra de rapidez para esquivar la garra que prometía ser una bofetada monumental.

—Cállate, mula. No tenés derecho.

—Perdóneme, mami. No he debido decir nada, —contestó Nelly con la mirada baja y no volvió a traer el tema nunca más.

En su interior, sin embargo, sufría. Su padre era para ella un fantasma, no recordaba verlo con fuerza, con espíritu de lucha, solo pegado a su madre. A su abuelita la quería, sí, pero igual, solo dependía de los dólares que su hija enviaba y ninguna cantidad era suficiente. Siempre estaban pidiendo algo: ya fuera para comprar los bombillos o para el cemento de la pared que se derruía, ya fuera porque los chanchos sufrían de pulgas, o porque necesitaban un vestido de fiesta o para los zapatos de la hija de la nieta de la nuera de la vecina que no tenía. Y eso la volvía loca, le revolvía el genio que según decía había heredado de su abuelo. Lo único que ella quería tener era una casa bonita, con un jardín y con una mesa en el patio para jugar con sus amigas e invitarlas a comer helado en *Lilo's Hot Ice Cream*.

Unas noches después de la discusión, su madre se sentó en la cama de Nelly, le tocó su largo pelo negro y le dijo con cierta ternura:

—Hija, perdoná. Debe ser muy difícil vivir en este cuartucho, después de estar acostumbrada al aire libre, en el campo, lleno de aire puro. Pero entendé que tenemos que ayudar.

—Entiendo, mami. Discúlpeme a mí, me pasé de mula.

—No diga eso. Cuando su papá obtenga los papeles va a trabajar y pasaremos mejor.

—¿Y podremos irnos de vacaciones como mis amigas? —se le ocurrió preguntar a Nelly para darse ánimo a sí misma.

—¿Para qué querés ir por allá a lugares extraños?

—Mami. Yo sé que usted sí quiere darse un paseíto.

—Ay, nena. Me conocés. La verdad quiero visitar Filadelfia. Es mi sueño.

—Ah, sí, Filadelfia. Pronto iremos.

—Dios lo quiera... Dios lo quiera —repitió la madre sin mucha esperanza.

Nelly sabía que el asunto de los papeles iba para laaaargo, y en su padre no tenía fe. En sí misma, en cambio, sí creía. Después de la conversación con su madre, decidió que conseguiría el dinero para irse con ella a unas merecidas vacaciones. El lunes habló con sor Patrocina y le dijo que necesitaba un trabajo. La hermana le recomendó a la señora Rubio, madre de dos exalumnas y dueña de una pastelería cubana. Comenzó a trabajar por las tardes. A Nelly le gustó el son de la cocina y aprendió a hacer flan, dulce de coco y hasta pudín de pan. Sus habilidades, no obstante, se realzaban en los negocios, y en pocos meses se convirtió en la mano derecha de la señora Rubio.

Nelly comenzó a ahorrar y a dar dinero a su madre. Al ver crecer las arcas, hizo dos sobres: uno para sus gastos y el otro para llevar de paseo a su mamá a Filadelfia. Sus ahorros los mantuvo en máximo secreto. Estaba segura de que, si su madre se enteraba, le exigiría usar el dinero para las deudas o lo querría enviar a Guatemala.

Cuando reservó las fechas para sus vacaciones sentó a su madre en la mitad de la cama y le dijo:

—Mami, usted sabe cómo aquí cuando la escuela termina la gente se va a pasear, ¿no?

—Sí he oído eso. ¿Por qué?

—¿A usted le gustaría hacer lo mismo?

—¿Yo? ¿Con qué plata? Además, no entiendo para qué tienen que irse a dormir en otras camas. Quién sabe qué pulgas y chinches tendrán.

—Si, mamá. Pero es que la gente se va a descansar. Como se dice, a cambiar de rutina.

—Digamos que los gringos o los caqueros pueden hacer esas cosas. Nosotros no. Cómo irme a «pasear» cuando la familia está tan necesitada.

—Pero usted trabaja hasta caerse del cansancio. Yo ya trabajo, así que he pensado que nos merecemos irnos a una ciudad bonita el próximo mes.

—¿El próximo mes? ¿Ahorita, en julio? ¿A dónde? No tenemos dinero para botar en esas cosas. No estará pensando que nos vayamos con la iglesia al paseo ese allá a los Jardines del Alto Manhattan. Yo por allá no voy. Mejor me voy a otro lado.

—Ajá, mamá, o sea que sí le llama la atención conocer otros sitios.

—No sé... Tal vez algo cerquita.

—Pues usted y yo nos vamos a ir de paseo, de vacaciones. Nos hospedaremos, como los ricos, en un hotel con estrellas. Y no señora, no nos vamos a los Jardines; nos vamos a... escuche bien, preste oídos. Nos vamos a F-I-L-A... —deletreó Nelly a la espera de que la madre adivinara el resto.

—Fila, ¿filatrópolis?

—No, mamá. F-I-L-A-D-E-L-F-I-A —mencionó con emoción Nelly y fue a darle un abrazo a su madre, tan fuerte que casi la tumba en la cama.

—¿Estás loca? Eso es muy lejos. Mejor, en vez de gastar su plata, me la da para pagar las deudas y el proceso de su papá.

—No. Ya está todo arreglado —mintió, diciendo que la señora Rubio iba a costearles el viaje. Al final, su madre no tuvo excusas para negarse al paseo y aceptó su fortuna.

El tres de julio, madre e hija se montaron en el tren de la Estación de Pensilvania en Nueva York hasta la de Filadelfia. Antes que nada, Nelly les anunció a sus maestros, compañeros y a todos los que la querían oír, que en julio se iba a ir de vacaciones a Filadelfia. En septiembre cuando tuvo que escribir el ensayo de inglés acerca de lo que hizo en el verano, nombró todos los lugares, los héroes, las calles que había visto en sus días de turista. A sus 16 años era el primer logro del sueño americano: llevar a su madre a darse un descanso, después del ingrato trabajo de ser la primera inmigrante de la familia.

Mi historia para contar

_____

_____

_____

_____

_____

_____

_____

_____

_____

_____

_____

_____

Epílogo

Las jóvenes que conociste en estas historias tuvieron sus luces y sombras, como seguro te ha pasado a ti. No todos los días el sol resplandece a tu favor, pero cada uno trae la promesa de la vida. Buena suerte en tu viaje, y que en tu camino te acompañen la fe y la alegría y que tengas maravillosas aventuras para contar.

Con cariño,

María Cristina González
Nueva York, diciembre, 2025

Agradecimientos

Como toda empresa, este libro ve la luz gracias a la inspiración y ayuda de muchas personas y acontecimientos.

Gracias a Esteban Escalona, director de *Five Points Publishing*, por creer en mis historias, iluminarlas con sus comentarios y por invitarme a ser parte de la editorial.

Gracias también a Jairo Andrade, por ayudarme a resolver dudas tanto literarias como por dar fuerza a mi escritura.

A mis amigos Wilson Anaya, por su guía en asuntos policiales para la historia *Cambio de rumbo*, y a Juan Carlos Tello por indicarme del voseo en Guatemala.

A Camila Jara, por comprender la idea del libro y crear una bella portada para los lectores.

A Carrie Sitterly por su lente creativo.

A mis jóvenes estudiantes —pasados, presentes y futuros— por llenar mi vida de risas y aprendizaje.

A mi familia, por ser mi soporte incondicional y mis mejores amigos.

Finalmente, gracias a Diosito, el Gran Hacedor de Historias, por darme el don de expresarme a través de mis cuentos.

Love,
María Cristina
Nueva York, 2025

Carrie Sitterly

María Cristina González

(Bogotá, Colombia) es escritora y profesora de español radicada en Nueva York.

Su primera colección de cuentos, *La trituradora y otros cuentos* (2019), ha sido elogiada por la crítica y los lectores. Recientemente, el *Latino Book Review* publicó una reseña de la obra dirigida al público hispanoamericano en los Estados Unidos.

Ha participado en las Ferias Internacionales del Libro de Bogotá, Miami y Nueva York, así como en diversos eventos literarios y culturales, entre ellos su ponencia sobre el romance sefardí en Queens College, el New York Poet Festival, lecturas de Mi-LibroHispano en Florida y los programas teatrales del Centro de Graduados de Nueva York, entre otros.

Por su obra de teatro *Preguntas de seguridad* recibió el premio a mejor obra extranjera en el concurso Caja Negra.

Sus cuentos y poemas han aparecido en diversas antologías, entre ellas *Líneas y Letras* y *Los mecanismos del instante*, consolidándola como una voz destacada dentro del panorama literario contemporáneo.